の子
桂嶋エイダ
ill. 浜弓場双

「モチのロン、倍満一万六千点」
真《ま》友《とも》

サジ
「俺を知っているのか？」

真《ま》昼《ひる》間《ま》まひる
「あ、ご、ごめんなさい。
その、急に動くと
遠心力とか
いろいろで」

BURUN!!
「……遠心力で胸が、ぶつかる？
そんなことが、
いや、まさか……」

「ドスケベ催眠四十八手――白紙塗料」

CONTENTS

ドスケベ
催眠術師の子
桂嶋エイダ
ill. 浜弓場双

CHARACTERS

片桐《かたぎり》真友《まとも》

二代目
ドスケベ催眠術師。
ツルペタ美少女。

佐治《さじ》沙慈《さじ》

ドスケベ
催眠術師の子。
合理主義者。

高麗川《こまがわ》類《るい》

陽キャなロリギャル。
メディ研所属。

真昼間《まひるま》まひる

引きこもりの後輩。
色々サイズが
大きい。

山本《やまもと》平助《へいすけ》

初代
ドスケベ催眠術師。
サジの父。

大将《たいしょう》

サジのクラスメイト。
がたいがいい。

時々、幼いころの夢を見る。

小学一年生の時の、授業参観の日だった。

授業は国語、内容は親の職業に関する作文の発表。

クラスメイトたちが誇らしげに親の仕事を語っていた。

ゲーム開発に携わるデザイナー。街を守る警察官。家族経営でアットホームなケーキ屋。

そんな中、当時の俺も父の職業に関する作文を読み上げた。

「ボクのお父さんは、ドスケベ催眠術師をしています」

誰もが聞き慣れない謎職業。教室に大量のクエスチョンマークが浮かぶ。

「ドスケベ催眠術という人を操る必殺技で気に入った女の人にドスケベをする仕事で、ゆえつと快楽に満ちた日々を送っています。お母さんのことも手にかけた女の一人だそうです」

ざわつく保護者、慌てふためく担任、照れ笑う父。

「依頼を受けてすることもありますが、基本的には自分がドスケベしたいと思った相手にしか手は出しません。つまり、フリーランスのドスケベ催眠術師です。そんなお父さんのカッコいいところは——」

この日、俺は父の仕事——ドスケベ催眠術師の話をした。

当時の俺は自分が話した内容のほとんどを理解していなかった。この作文を書くにあたって話を聞いた父がとても誇らしげにしていたので、有名ではない裏方仕事なのだろうとしか思っていなかった。

翌日以降、俺は孤立した。友達だと思っていたクラスメイトに避けられ、声をかければ気持ち悪いと拒絶された。

そういう経験をすれば、バカな子供でも覚えるものだ。

ドスケベ催眠術師の子であることは、誰にも知られてはいけなかったのだと。


月日は流れ、俺も高校二年生。

あの日の作文がどういう意味を持っていたのか、今では理解しているつもりだ。ドスケベ催眠術師が裏方仕事ではなく、淫《みだ》らな仕事であることもわかっている。

幸いにして今現在、俺がドスケベ催眠術師の子だとは周囲に知られていない。

両親の離婚であの男とのつながりのほとんどが断ち切られ、それを隠せているためだ。

おかげで、ひっそり平穏な日々を送れている。


——送れていたのだ。

彼女が訪れるその日までは。

1章　マトモクル

父が死んだらしい。

四月中旬のことだった。

父といっても両親は離婚しているので、もう血縁のある他人でしかないが。

葬儀は叔父によって執り行われるそうだ。

「葬式、サジは行く？」

母親の問いには、少し考えてからこう答えた。

「遠慮しとく」

これが一番、合理的だろう。

＊

そんな出来事からしばらく。

ゴールデンウィークが明けたばかりの五月上旬。

春を感じさせる桜の花弁が散り、木々の緑が濃さを増し始めるころ。

「あんな空席あったっけ?」「転校生が来るらしいよ?」「なんか職員室に知らない美少女が入ってくのを見た」「変な時期」「始業式に間に合わなかったのかな」

布能高校《ふのうこうこう》二年一組の教室は、転校生の話題で持ち切りだった。

それらをすり抜け、俺は休み明けの気怠《けだる》さ露《あら》わに自席へ。

「おはよう、サジよ。久しぶりだな」

荷物を整理していると、無駄に仰々《ぎょうぎょう》しい声がかけられた。

見ると、浅黒い肌の恵まれた体格、彫りの深い整った顔立ち、頭に乗っかるドレッドヘアと特徴的な容姿をした男が右斜め前の席に腰かけている。

皆から大将のあだ名で呼ばれるクラスメイトだ。

あだ名の由来はその雰囲気。まるで背中に支柱が添えられているかのように姿勢が良く、きっちりと着こなされた制服や荘厳とした立ち居振る舞いが武人や軍人を彷彿《ほうふつ》させるから。

俺とは一年の時から同じクラスで、二人組を作る際などによくペアを組む間柄だ。

ちなみに今更だが、サジとは佐治沙慈《さじさじ》——姓も名もサジという珍妙な俺の名前だ。姓と名が同音なので、名字で呼ばれても名前で呼ばれた気分を味わえる、お得な名前でもある。

「おはよう、大将」

「随分と声が暗いが、何かあったか?」

「何もない。いつもどおりだろ」

「確かにいつものことか」

納得されてしまった。遠回しに根暗呼ばわりされてんな、これ。

適当に挨拶や近況を話した後、大将が思い出したように切り出す。

「そういえば、サジは知っているか？」

「転校生の話か？　新学期早々、盛り上がってるみたいだけど」

「他人事のような言い方であるな。転校生が隣に来るというのに」

確かに俺の左隣、窓際最後尾の席には休み前にはなかった席が置かれていた。

十中八九、噂の転校生の席だろう。

「別に騒ぐことでもないだろ」

「冷めているな、相変わらず」

熱がないとか、何でもかんでも無関心とか、さとり世代の典型例とか。

よく言われることだ。

おかげで人に深入りされることなく、ドスケベ催眠術師の子であることを容易に隠すことができる。俺の処世術の一つだった。

「しかし、その件ではない」

今、話題になるのはそれぐらいかと思って尋ねたが違ったらしい。

「なら何だよ？」

「ドスケベ催眠術師なるものを知っているだろうか？」

心臓が跳ね、背中に冷たいものが走る。

「……聞いたことはないが」

「これを見てくれ」

とぼけると、大将がスマホの画面を見せてきた。

それはとあるネットニュースの記事。

内容は先月にドスケベ催眠術師である山本平助《やまもとへいすけ》が亡くなったというもの。よくもこんな、小さな見出しに目をつけたものだ。

「ドスケベ催眠術師。平成の変態の象徴、生きるエロ同人、アンリアル性癖四天王等、様々な異名を持つ一部界隈での有名人だ」

大将は知的好奇心旺盛なやつだ。悪く言えば誰も気にしないような話題に食いつく面倒くさい変人とも言える。

こいつにとってドスケベ催眠術師というのはＵＦＯやツチノコのようなものなのだろう。

「そう言われても知らないが」

「大変興味深い内容なのだがな、この人物の逸話は。うーむ、語り合いたい」

確かに対岸の火事なら面白いだろう。

しかし、当事者として続けたい話題ではない。

「だったら職員室にでも行けばいい。平成の話なら、先生らのほうがよく知ってるだろ」

多忙極める教職員がこんな話題を取り合ってくれるかは知らないが。

「確かにそうだな。ではこれより、職員室へ行ってまいる」

ドスケベ催眠術師に関する話し相手を求め、大将は教室を出て行った。やれやれ、うまく流れてくれた。あるいは俺の気怠《けだる》そうな空気を感じてわざと誘導されてくれたのか。

一人になると、俺はスマホで先ほど大将が見せたニュースの記事を探して目を通す。

そこにはあの男の略歴が記されていた。

ドスケベ催眠術師と呼ばれる男の本名が山本平助であること、本人写真に生い立ち、人柄、彼が起こした出来事の数々、先日亡くなったことなど。

中でも目を引くのは『妖怪ドスケベ事件』の欄。

それは都市伝説的な事件というか実際に起きた事案だった。詳細はとある街に全裸の男が徘《はい》徊《かい》しており、遭遇すると秘められた性癖が解放され、法を犯さないタイプの上質な変態《ドスケベニュータイプ》に覚醒するというもの。

ある青年はロリコンに目覚めて小学校教諭を目指した。ある純愛漫画家はエロマンガ家へ転身して触手プレイ作品を量産した。ある製紙会社の社長は男性の自慰専用ティッシュを開発して精子会社の社長になった。

そんな現象を、催眠術で引き起こしていたのが山本平助その人である。その技がドスケベ催眠術と呼ばれ、ヤツ自身がドスケベ催眠術師と称される所以《ゆえん》だった。

他のエピソードも常軌を逸したものが並ぶ。女子中学生に淫夢を売ったとか、百人の女子高生をママにしてオギャッたとか、宗教団体を丸め込んで聖書《バイブル》の代わりにバイブを配らせたとか。

一部は誇張もあるだろうが、どこまで真実なのかは俺も知らない。全てを知るのは本人だけで、その本人ももういない。

記事の最後に、一人息子が小学校の授業参観でドスケベ催眠術師について発表したことが記されていた。

かつて、俺がやらかしたことだ。

おかげでドスケベ催眠術師の子だと周囲に認知され、いくつも嫌な経験をしてきた。

今でこそ父との縁を断ち切ったから平穏に暮らせているが、またドスケベ催眠術師の子だと公になれば、どんな目に遭《あ》うことか。

あんな思いは二度とごめんだ。

改めて、ドスケベ催眠術師の子であることを隠さなければと心に決めるのだった。

チャイムが鳴り、担任で国語教師の中原（三十歳独身女性）が教室にやってくる。

「今日は～、転校生を紹介しま～す」

ホームルーム開始早々、担任のほんわりとした一言で教室がざわつきだす。

「待ってましたー！　センセー、転校生ってどんな子なの？」

「すっごくかわいい女の子～」

さらに教室が盛り上がりを増した。

やめてやれよ、ハードルが上がってかわいそうだろ。

「というわけで、早速紹介するね～。どうぞ～」

担任の声に合わせ、教室の前の扉が開いた。

そして、一人の少女が入ってくる。

瞬間、シン、と静まり返った。

可憐という言葉を体現したような少女だった。

セミショートに整えられた淡色の髪に、五円玉みたいな穴あきコインの髪飾り。

みずみずしく色白い肌に無駄一つない細い体軀《たいく》。

ダボッと感のあるオーバーサイズの制服が妙に似合っている。

「……」

そんな美少女転校生は教壇の上に立つとこちらに背を向け、一言も発することなく、黒板にブレのない字でコツコツとその名前を書き記す。

片桐《かたぎり》真友《まとも》、と。

少女が振り返ると、無表情の張りついた尊顔《そんがん》に衆目が集まった。

「初めまして。そしておはようございます。今日から同じ教室で学ばせていただく片桐《かたぎり》真友《まとも》です。よろしくお願いします」

耳当たりのいい声音で淡々と挨拶をしてからぺこりと一礼。

よく言えばクールでミステリアス、悪く言えば機械的で人間味に欠ける。緊張しているだけかもしれないが、冷淡な雰囲気が印象的な少女だった。

「今日から同じクラスの仲間だから、みんな仲良くね～」

担任の緩《ゆる》い声に、皆が思い出したようにパチパチと拍手。

どうやら全員が彼女の声に聞き入り、その端麗《たんれい》な容姿に魅入《みい》られていたらしい。

「先生先生、片桐さんに質問してもいいですか!?」

クラスの女子の誰かが言った。

「実は先生も聞きたいことあったの～。片桐さん、いろいろ答えてもらってもいい？」

「構わない」

転校生は表情一つ変えずにコクリと承諾。

「それじゃあ、質問ある人～？」

担任がクラスメイトから質問を募り始めた。

「好きな食べ物は？」

「特には」

「好きなアイドルとかいる？」

「特には」

「前はどこに住んでいたの？」

「特には」

最後のはおかしいだろ。どこ住んでたんだよ。

以降、さまざまな質問が投げかけられるも、回答は似たり寄ったり。

転校生のそんな態度に、微妙な空気が漂い始める。

それを一転させようと、担任が明るい声で尋ねた。

「はいはいは〜い。先生からも質問なんだけど、趣味とか特技ってな〜に？」

「趣味や特技……」

転校生は顎《あご》に指を当てて少し考えると、

「せっかくだから、ここで披露《ひろう》しても？」

証明写真でも撮るような顔のまま、なかなか強気なことを言い出した。

初めて見せる意欲的な返答。歓迎するように、教室を拍手が包んだ。

「それじゃあ、お願いしま〜す」

担任の声で拍手が止まり、静まり返る。

異様な雰囲気だった。

たかが転校生の特技披露《ひろう》程度で、まるで舞台演目の観客席のような期待に満ちた緊張が張り詰めている。誰もが彼女の一挙手一投足を見逃すまいとしていた。

やがて転校生が穴あきコインの髪飾りをキンと弾《はじ》き、直後。


「ドスケベ催眠四十八手——夢幻狂気《むげんきょうき》」


俺の全身に、ぞわぞわっと鳥肌が駆け巡った。

「そんな、まさか」

俺は『これ』を知っている。

あの男の、山本平助《やまもとへいすけ》の技だったからだ。

ドスケベ催眠四十八手。

通称ドスケベ催眠術。山本平助が自身の催眠技法を四十八の型に落とし込んだもの。

対象を金縛り状態にしたり、秘められた性癖を解放したり、ありえない常識を植えつけたり。とにかく都合がよくて何でもあり。アダルトコンテンツから出てきたような催眠術だ。

最後に会ったのは六年前。当時は小学生だったが、今でも鮮明に覚えている。

忘れられるわけがない。

俺を『ドスケベ催眠術師の子』たらしめた、忌むべき技術なのだから。

「――はーい！　突然ですが校則が変わって全裸が指定制服となりましたので脱いでくださ～い。それから授業前は愉快に踊る校則もできたので、今からパーティで～す！」

驚愕する俺をよそに、担任がアホみたいなことを言い出した。

そんな正気を疑う発言だったが、

「いつ脱ぐの？　今でしょ！」「はーい皆さん脱ぎ脱ぎちまちょうねー」「ばぶう」「やる気、モロ出し、いとおかし！」「どっこいしょー！」「ショートコント、ダビデ像」「オ・レェ！」

驚きや躊躇《ためら》いが浮かぶことはなく、むしろ全員がノリノリで従う。

教室はあっという間にその様を変えてしまった。

その場を満たす、キラキラでウェイウェイでチャラチャラな雰囲気。

衣服を脱ぎ捨て、肌色面積百パーセントで踊る陽気な人々。

響き渡るポップなミュージックと陽気な笑い声。

ディスコというか、クラブというか、ダンスホールというか。

五分前までホームルームが行われていたとは思えない光景である。

「冗談じゃない……！」

そんな中、俺は教室の隅――掃除ロッカーの陰に身をひそめていた。教室をダンスホールにするため皆が机やイスを運んでいるときにこっそりと移動しておいたのだ。本音を言えばこの場から逃げたかったが、サンバを踊る全裸男子の集団で出入り口が塞がれて出られなくなってしまったのである。

ここで、ドスケベ催眠術師の子である俺の特異体質について説明しておこう。

——それは催眠術が全く効かないこと。

ホームルームが狂乱全裸祭に変質したにもかかわらず、他の面々のように服を脱いで踊り始めなかったのはそのためだ。

と、そこで気づく。

誰もが全裸で踊る中、着衣のまま平静でいるのは逆に異常ではなかろうか？

それは催眠術が効かないという特異体質を浮き彫りにして、自分がドスケベ催眠術師の子だと証明していることになるのではないか？

この事態を引き起こしたのは転校生だ。しかもあの技を使ったということはドスケベ催眠術師の関係者と考えられる。

目的は不明だが、目をつけられるのは避けたい。

つまり今、最適の行動は、

「脱ぐしかない」

クラスメイトに溶け込み、催眠術にかけられていると思わせるのだ。

結論が出るや否や、俺は服を脱ぐ。パンツも脱ぎ捨て、裸体を晒《さら》す。

羞恥心はなかった。合理的なのだから何も問題はない。

あとはクラスメイトに交じるだけ。クラスメイトらに交じろうと、ロッカーの陰からそっと一歩を踏み出し――

「なんで脱いでるの？」

冷めた声が、横から俺を射抜いた。

ぎこちなく声のほうへ顔を向けると、転校生がうわぁと蔑むような視線を俺に向けている。

ちなみに、あちらは当然のように制服を着用していた。

「みんな脱いでいるんだから、脱がないほうが不自然だろ」

「他の人は催眠術にかかってるだけ。サジとは違う」

自己紹介をしていないのに名前を呼ばれた。

嫌な予感がする。

「俺を知っているのか？」

「モチのロン、倍満一万六千点」

整った顔に浮かぶ得意げな表情。

もしかして、今のはギャグなのだろうか？

反応に困っていると、転校生はやれやれと呆れたようにため息をつく。

「サジ、今のは笑いどころ。『もちろん』と麻雀用語であるロンがかかった、非常に崇高なギャグ。それを示唆すべく点数申告もしている。というわけで笑おう。さんはい」

「笑えないが？」

自分のギャグを懇切丁寧に解説して笑えとは、なんと面の皮が厚いことか。

そもそもクラスメイトが全裸で踊り狂う空間では、仮に抱腹絶倒のギャグを披露《ひろう》されても笑えない自信がある。そもそも面白くない。

「むぅ」

俺の反応が気に入らなかったのか、不機嫌そうな半眼を向けてくる。

しかし転校生はすぐにコホンと咳払い。それから何事もなかったかのように、

「サジのことはよく知っている。佐治沙慈《さじさじ》。ドスケベ催眠術師の子にして、あらゆる催眠術の効かない特異体質者。……ヌーディストだとは知らなかったけど」

「俺はヌーディストじゃない」

「服を着てから言えば？」

残念ながら、俺の発言には衣服も説得力も足りていなかった。

いそいそと服を着て、俺の身なりが整ったところで転校生は改めて言う。

「とにかく私がサジのことを知っているのは当然。師匠にいろいろ聞かされていたから。この転校だって、サジに会うためのもの」

師匠。聞かされていた。俺に会いに来た。

そしてクラスメイトに現在進行形で効果を発揮しているドスケベ催眠術。

つまり、彼女は――。

「それにしても本物は……不審者みたい。クマは酷《ひど》いし目つきも悪い」

「いきなり失礼なことを言うな」

「じゃあこれから失礼なことを言う。サジは不審者みたい」

「事前に通知しておけばいいって意味じゃないが？」

……俺はそんなに能動的な不審者に見えるだろうか。

「サジの容姿はさておき、改めて自己紹介」

彼女は俺の正面にひょこりと躍り出ると、優雅に一礼をしてから続ける。

「私は片桐《かたぎり》真友《まとも》。カタギでマトモな片桐真友。あなたの父親に実力を認められた一番弟子、二代目ドスケベ催眠術師」

「ドスケベ催眠術師がカタギでマトモであってたまるか」

「気になるの、そこ？　二代目ドスケベ催眠術師のところは」

「この教室を見れば察しはつく」

驚きがないと言えば嘘になるが、今は驚いている場合ではない。

「それより、教室を元に戻してくれ」

「なんで？」

「なんでって」

片桐《かたぎり》の視線を誘導するように、裸で踊り楽しむクラスメイトらへちらりと視線を送る。

「裸生悶《らしょうもん》、下着の行方は誰も知らない」「ボクのオールドファッションがポンデリングになっちゃった！」「着ないのがいいねと君が言ったから、今日があたしの裸記念日」

相変わらず、名状しがたい光景が広がっていた。

「気にしなくていい」

「これを気にしないのは無理だろ」

「それでサジに会いに来た理由だけど」

無視だった。どうやら自分の話が終わるまで教室の催眠術を解くつもりはないらしい。これは彼女の話を聞くのが最短だろう。

「ヌーディスト相手に遺憾《いかん》ながら、頼みごとがある」

「遺憾の前置き要るか？」

「私の仲間になってほしい」

「断る」

即答した。

すでに知っているこの転校生はさて置くとして、不特定多数の人間にドスケベ催眠術師の子だとバレるリスクは避けなければならない。

二代目と関わるなんて論外だ。

俺の人生に、ドスケベ催眠術師はもう要らない。

「断ったらサジがドスケベ催眠術師の子であることをバラすと言っても？」

俺の思考を狙い撃ったかのような脅迫。

バラされるのは、絶対にダメだ。

どうにかしなければ。

「……回答はさておき、要求は理解した」

「話が早くて助かる」

「でも今はイエスともノーとも言えない。判断をするには情報が足りなすぎる」

「それなら」

「その話は後でいい。後にしろ」

「どうして？」

「同級生が裸で踊る空間じゃ、ちゃんと話ができそうにない」

興奮するというよりは、奇行が催されているので気が散って仕方がないという意味だが。

「サジは初心《うぶ》だ。私は大人だから、こういうのは見慣れたものだけど」

「見慣れてるほうが問題だろ」

「ドスケベ催眠術師なんだから当然」

この上ない説得力だった。

「とにかく教室を元に戻せ。話なら、放課後にでも学校の外で聞かせてくれ」

「……仕方がない、わかった」

やや不服そうに言うと、片桐《かたぎり》がすこっと気の抜けるような指パッチン。

それが、ドスケベ催眠術解除のトリガーだったらしい。

途端にパーティタイムは終幕を迎え、クラスメイトらが脱ぎ散らかしていた服を着始めた。

そして壁際に寄せられた机やイスをてきぱきと元の位置に戻していく。その間もクラスメイトらは目を虚《うつ》ろにしており、術が解けた様子はない。

どうやら急に解けるわけではなく、原状復帰をしてから正気を取り戻す仕様らしい。

「即解除というか、やりっぱなしにはしないんだな」

「そんな杜撰《ずさん》なことはしない。今回のことだって、何一つ記憶には残さない」

「たいした技術だことで」

皮肉を言うと、

「当然。だって私はドスケベ催眠術師の二代目だから。いえいいえい」

無表情の顔の横にダブルピースを作ってちょきちょき。かわいい。

と、机が並べられて皆が席に着き直したところで、片桐が再び指パッチン。

「それでは、ホームルームは終わりで～す」

すると担任が何事もなかったかのように告げ、クラスメイトらが自由に動き始める。転校生

を質問攻めにしたり、一限の授業の準備を始めたり。

こうして皆にかかった催眠術は完全に解け、狂乱全裸祭は痕跡一つ残さずに終了した。

片桐《かたぎり》の言葉どおり、ドスケベ催眠術にかかっていたクラスメイトらは誰も裸になっていたことを覚えていない。

そんないつもどおりの教室を前に、先ほどまでの光景が白昼夢だったのかとさえ思える。

しかし俺の隣の席には確かに、二代目ドスケベ催眠術師、片桐真友《まとも》の姿があった。

＊

放課後。

がやがやがやがや、わいわいきゃっきゃ、うふふのふ。

用を足してから教室に戻ると、片桐の席が大量の人に取り囲まれていた。朝や休み時間の時点で相当の数だったが、放課後現在は彼女の姿を捉えられないレベルで膨れ上がっている。

取り巻きの構成員もクラスメイトだけでなく、他クラス並びに他学年の輩《やから》と多様化していた。そこまでして美少女転校生とお近づきになりたいものだろうか。

ところで、そんな人気者の片桐から昼の時点でこんなメッセージが届いていた。

『サジ殿
平素よりお世話になっております。

ドスケベ催眠術師の片桐真友です。

誠に勝手ながら、クラスのグループチャットより連絡先を頂戴してきました。貴殿が孤独を持て余しておらず、ホッとしました。

さて早速ではございますが、本日の話し合いについて連絡いたします。

放課後になりましたら、学校の正門にて待ち合わせをし、話し合いに適した場所へ移動したく思うのですが、ご都合はいかがでしょうか？

また恐縮ではございますが、場所については越してきたばかりにつき、この地域のことに明るくないため、お任せしてしまってもよろしいでしょうか。

勝手ばかりで大変恐縮でございますが、何卒よろしくお願い申し上げます。

ドスケベ』

最初、スパムかと思った。

あまりに余計な文章が多い。『放課後に校門で待ち合わせ』と一行で充分なのに。やはりビジネスメールは悪しき文化。俺が社会に出るまでに廃《すた》れてほしいものである。というか、ドスケベを結びの言葉にするな。

ちなみに『了解。あと文章はもっとシンプルでいい』と返すと、『かしこま☆』と返信があった。急に距離感が近すぎる。これはこれでどうなんだ。

それにしても、あの集客状態では落ち合えるのはいつになることやら。

三分待って来なかったら、連絡して先に帰ればいいか。

そんなことを考えながら、カバンを回収して教室を後にする。

下駄箱で靴を履き替えて校舎を出ると、駐輪場の横を通り抜ける。やがて学校の敷地外へ出ようとして、

「サジ、待ってた」

「うおっ!?」

正門の陰からヌッと片桐《かたぎり》が姿を見せ、驚きの声がこぼれた。

「どうしたの、急に叫んで。何かあった？　それともそういう性癖？」

「俺の行動を全て性癖由来にするな」

それよりも、

「お前、さっきまで教室にいなかったか？」

教室を出た時、片桐はクラスメイトに囲まれていたはず。

どうして俺より先にいるんだ？　壁抜けバグでも使ったのだろうか？

「ドスケベ催眠術で私がそこにいると認識させて、事前に離脱しておいた。脱出マジック大成

功、いえい」

無表情にダブルピースが添えられる。

「周囲の人が壁になって、片桐がいないのが見えなかったわけか」

「これもドスケベ催眠術の賜物」

ということは、現在二年一組の教室では生徒たちが誰もいない席を囲み、そこに片桐がいると思い込んで、楽しそうに話しかけていることになる。

傍目《はため》には恐ろしい集団に映ることだろう。ホラーを生み出すんじゃないよ……。

「というわけで早速、朝の話の続き。場所は考えてきた？」

ドスケベ催眠術がどうのこうのというのは人前で話すことじゃない。

知る限り、人目が最もない場所といえば、

「俺の家でいいか？　母親は遺品整理でしばらく不在にしているから誰かに話を聞かれる心配もないし、何より経済的だ」

「初対面の女子を誰もいない家に連れ込む……。まさか、いかがわしいことをしようとしている……？　変態？」

片桐が目をジトッとさせて、身をよじるようにして俺から一歩距離をとる。

「それはない」

「でも私、美少女だから。サジが私の魅力に屈する可能性大」

「自己評価高すぎだろ」

「よけいな謙虚は害悪」

「確かにその容姿で卑屈にされても、それはそれでイラッとするが」

「つまり私が美少女なのは認めるところ、と」

片桐《かたぎり》が薄く平たい胸を張る。無表情ながら得意げな様子。

「でも今は恋愛する気もないから、告白されてもごめんなさい」

「勝手に告白したことにして勝手に失恋させるな」

ツッコミを入れてから話を戻す。

「とにかくそれは杞憂《きゆう》、お前が妄想するような展開にはならない」

「その自信はどこから？　鼻から？　喉から？」

風邪薬のＣＭか。内心でツッコんでから思案する。

俺と片桐は今日出会ったばかりだ。俺が『分別のある常識的で誠実な人間だから』なんて答えたところで、信用に値しないだろう。

彼女から見て真実だと納得できる、根拠のある回答となると、

「俺にとって、ドスケベ催眠術師が関わりたくない存在だからだ。親がドスケベ催眠術師ってだけで散々な目に遭《あ》ったからな」

「確かにサジのノーモアドスケベ催眠術師という考えは信じられる」

すんなりと受け入れてくれて何より。

「そういうことなら全裸になっていたのにも納得がいく」

俺の合理的全裸に気づいたらしい。おかげでヌーディスト疑惑も晴れそうだ。

「つまりあれは、趣味と実益を兼ねた全裸」

「兼ねてない」

「なら趣味の全裸」

「実益の全裸だ」

……いや、実益の全裸ってなんだ。自分で言っておいてあれだけど。

「ともかくサジの家で話し合いをすることは承知。よく考えてみれば、サジの家なら話の途中で逃げられる心配もないから好都合」

獲物を狙う狩人の発想である。こわい。

「というわけで、連れてけ連れてけ」

妖怪ツレテケがここに爆誕し、話し合いの場所が決定する。

師弟揃って妖怪かよ。


さて。

実はもう一つ彼女にいかがわしいことをしない理由があったのだが、そちらは言わずじまい

になりそうだ。なんて道中で考えていると、

「他にも理由があるの？」

やはり妖怪、人並み外れて察しが良い。

「あぁ。話す必要はなくなったみたいだが」

「別に話してくれていい。安心材料が多いに越したことはない」

「なら、気を悪くしないで聞いてくれ」

「気を悪く？」

首を傾《かし》げる片桐《かたぎり》に、俺は真剣な顔で言い放った。

「俺は胸の大きな年上の女性がタイプだから、片桐に性的欲求を持てそうにない」

ちなみに根拠は俺の家にある大人なビデオのジャンル。巨乳は正義だ。

「私のはユニバーサルデザイン！」

自身の胸部に親指を向け、片桐が怒ったようにむくれる。

これは驚きだ。無表情で何事もどこ吹く風といった態度の片桐だが、胸の話題になると感情を露《あら》わにするらしい。誰にでも地雷って存在するんだな。

というか、胸がユニバーサルデザインってなんだ？

「スロープのようになだらか、ということか？」

「それはバリアフリー」

むしろバストフリーでは？

そんな胸も他愛もない話をしながら、俺たちは帰路についた。

＊

布能高校《ふのうこうこう》の周辺は微妙な住宅街だ。複数の私鉄路線が入り交じって都心にアクセスしやすいが、終電が早いし踏切も多い。閑静で治安は良いが若者が遊ぶ場所は少ない。スーパーや飲食店は多いが閉店時間が早い。土地や家賃相場は安いが賃貸の多くが古めかしい。

ゆえに若者の一人暮らしには向かず、住民のほとんどが家族世帯や高齢世帯である。

そんな地域にある六階建てマンション二階の一室で、俺と母親は二人で暮らしていた。

築二十年の３ＬＤＫ、全室フローリングのゆったりとした間取りの賃貸。

駅と学校とで正三角形になる位置関係にあり、それぞれの距離は徒歩十五分ほど。一階がコンビニで、近所にスーパーもある住みやすい場所だ。

そんな自宅につくと、俺は片桐をリビングで待たせて適当にお茶を用意する。

初夏を感じる時季ということもあり、冷蔵庫にあった冷え冷えの麦茶をグラスに注ぎ、盆に載せてリビングへ。

「待たせたな」

「そんなに待ってない」

正座で待つ彼女の前のローテーブルにグラスを置き、その対面に座る。

基本的に、我が家に来客はない。

俺には自宅に招くような仲の良い相手はいないし、母も人を自宅に招かない。

そんな環境で育ったこともあり、この空間に自分と母以外の誰かがいるのはなかなか新鮮だった。ましてや相手はドスケベ催眠術師とはいえ息を呑むような美少女。コップも小粒の汗をだらだらと滴《したた》らせており、緊張しているようだ。おっと、こちらはただの化学現象か。

対して片桐《かたぎり》は随分とリラックスした様子。まるで動物園を楽しむように、「ほえー」とか言いながら、部屋のあちこちへ視線を送っている。俺は動物とでも思われているのだろうか。

「人の家がそんなに物珍しいか？」

「同年代の男子の家に来たのは初めてだから」

「そうは言っても、面白いものなんてないだろ」

「引っ越したてみたい」

「母親がミニマリストなんだ」

我が家のリビングは閑散《かんさん》としている。家具が最低限しかないためだ。テレビすらなく、あるのは食事で使う折り畳み式のローテーブル一つだけで普段はこれさえしまわれている。

そんな母の教育もあり、俺の部屋も最低限の家具しか置かれてない。

「師匠の部屋はもっとごてごてしていたから、ちょっと意外」

「師匠……、平助《へいすけ》か。確かにあいつは片づけのできない人間だったな」

幼いころ、女性用の下着や裸の女性がプリントされたDVDが大量にあり、母親から『魂《たましい》が汚れるから、見てはいけません』と言われたのを覚えている。

「それより本題だ。朝の続きを頼む。確か仲間になってほしいってことだったが」

片桐はコホンと咳払いをしてから口を開いた。

「実は私には、とある催眠術がかけられている」

「とある催眠術？」

「詳細は不明」

具体的なことはわからないのか。さておき、

「二代目ドスケベ催眠術師が催眠術をかけられるとは、驚きだな」

催眠術とは基本的に誰でもかかるものだ。

ただし、知識があれば避けることはできる。

例えば声を媒介にした催眠術が使われたとする。その際にイヤホンで耳をふさいで、声が聞こえなければ催眠術にはかからない。当たらなければどうということはない。

要するに、誰かに催眠術をかけられようとしていると気づければ、回避できる、というわけだ。

俺に催眠術が効かないのはこの発展。幼少から強烈な催眠術に慣れ親しんで育ったため、催眠術を察知すると体が勝手に反応して、自ずと避けてしまうのだ。

片桐《かたぎり》がどんな環境で育ったかは知らないが、二代目ドスケベ催眠術師なのだ。催眠術を仕掛けてくる動作を見抜いて、避けるぐらいのことはできるはず。

そんなこいつに催眠術をかけられる人物。……心当たりは一人だけだ。

「まったく、師匠も厄介な置き土産をしてくれた」

息子と同年代の女子に何をしているんだ。やはり縁を切って正解だった。

「私はこの催眠術を解きたいと考えている。私が師匠を超えた証明のために」

超える必要性を全く感じないのは俺だけだろうか。

「サジにはそれに力を貸してもらいたい」

「一応聞くが、解除の条件はわかっているのか？」

どんな催眠術でも、必ず解除条件が存在している。

それは催眠術師が任意に設定することもあるし、未設定の場合もある。

ただし条件が未設定だと催眠術のかかり自体が弱く、時間経過で解けてしまう。

そのため催眠術師はほぼ間違いなく、何かしらの条件を設定するとされる。

例えば教室の件は指パッチンで段階的に解除されるようになっていた。

大抵は接触や声掛け等のように、任意で解除できる条件が定められるものだが。

「これを見てほしい」

片桐は回答として、古びたB5サイズのノートをローテーブルに置く。

表紙には『ドスケベ催眠メモリアル』とある。酷《ひど》いタイトルだ。

「これは師匠が残した、特殊な解除条件を設定した催眠術の一覧」

言葉を区切ると、片桐はノートをめくってその内容を見せてくる。

そこには見覚えのある特徴的な字で、大量の人の名前やかけた催眠術の内容、その解除条件が羅列されていた。あいつ、どれだけの人に催眠術をかけてきたんだ。

彼女がその中の一つを指し示す。

片桐真友《まとも》、その名前を。

催眠術をかけられた日付はおよそ五年前。内容は未記載。その横に書かれた解除条件は、

「『仲間をつくる』、か」

俺に仲間になることを求めた理由に繋《つな》がるわけだ。

納得しかけたが、すぐに疑問が湧いてくる。

「仲間って、何だ?」

何の定義をもって仲間とするのか。そこまでは書かれていない。

果たして平助《へいすけ》はどんな意味合いとして『仲間』という単語を用いたのか。

「やっぱり詳細は不明。……だから、形から入ろうと思う」

「形から？」

「今、私は師匠の跡を継いでドスケベ催眠術師として活動しているから、サジにもそれを手伝ってほしい。そうやって、仲間だと思わせてほしい」

「要するに、仕事仲間になれ、と」

片桐《かたぎり》は「そんな感じ」と首肯《しゅこう》。続けて解説する。

曰《いわ》く、こういった催眠術の解除はかけられた人が条件を認識することで解けるものらしい。

つまり、周囲からの見られ方や俺の内心はさておき、片桐が俺のことを心の底から平助《へいすけ》の定義した『仲間』だと思い込めばいいそうだ。

ふむ。

「断る。やっぱり無理な話だ」

「佐治沙慈《さじさじ》がドスケベ催眠術師の子だと、インターネットの海にバラまかれてもいいの？」

無表情のまま、淡々と返してくる片桐。ナチュラルな脅迫、こわい。

ここは誤魔化《ごまか》すべきか。……いや。

どうせ断るのだ。先にこちらのスタンスを伝えたほうが早い。

「気分を害したことは謝るが、嘘を言ったつもりはない」

「それならＳＮＳで拡散する。ちなみに私はドスケベ催眠ＡＳＭＲで大バズリした影響で、フォロワーは十万人ほどいる」

ドスケベ催眠ASMRってなんだ。それ絶対十八歳未満が買えないやつだろ。

「話は最後まで聞いてくれ」

「怖気づいて協力してくれる気になった？」

「それはない」

「なら」

「言い方を変える。そもそも片桐の要求は不可能な話だ」

「不可能？」

「俺だとお前の協力者には不適格という意味だ」

「一応、言い分を聞いておく」

不満そうに口先をとがらせ、こちらに言葉を続けるよう促してくる。

首の皮一枚繋《つな》がったらしい。最初から首の皮一枚しか繋がっていなかった気もするが。

「そもそも、俺がドスケベ催眠術師と関わりたくないのはわかるな？」

「ふむふむ」

「お前はそんな俺を脅迫していて、それを自覚している」

「何が言いたいの？」

「簡単な話だ。脅迫で成り立つ協力関係じゃ、片桐は心のどこかで『サジは弱みがあるから手伝ってくれている』という後ろめたさを持つことになる」

形から入っても、出来上がるのは形だけ。その中身が満たされることはない。

「それで、お前は俺を仲間だと思えるのか？」

「……」

「俺にはそうは思えない。奴隷《どれい》とか、都合のいい取引相手ぐらいにしか思えないはずだ」

「……」

「というわけで諦めてほしい。俺じゃ力不足だ」

「それは無理。仲間にするのはサジじゃないとダメだから」

片桐《かたぎり》は小さくため息をつくと、少し困ったような声で続ける。

「他の人でいいなら、わざわざ脅迫なんてしない」

「特別な理由でもあるのか？」

「私は催眠術のかかる人を意のままに動かせる肉塊《にくかい》……、肉人形ぐらいにしか思えない」

「魔王かよ」

「仕方がない。ドスケベ催眠術師の職業病」

なんていやな職業病だ。

「それに私の使ったドスケベ催眠術に意図せぬ形でかかられても困る。私の仲間にはドスケベ催眠抗体が必要」

それなら確かに俺はオンリーワンと言えるだろう。少なくともあの教室では。それはそうと、俺の体質をドスケベ催眠抗体って呼ぶのはやめてほしい。

「あとは清潔感があって、身長170センチ以上で、顔面偏差値が六十以上あれば文句なし」

「ネットが燃えてる匂いがするんだが」

「今のは笑いどころ」

ただの炎上発言だろ。

「大爆笑まで、3、2、1、0、0、0」

「催眠音声みたいに言うな。何度も言うが笑えない」

「はぁ、サジはつまらない人間だ」

肩をすくめ、呆れたようにため息を吐く片桐。どうして俺が悪いみたいになるんだ。

それから彼女は、名案を思いついたようにポンと手を叩く。

「サジが積極的になれば解決。私に脅迫させないようにすればいい」

「それこそ無理だろ」

こちとらドスケベ催眠術師嫌い歴十年だ。ちょっとやそっとで変わるものじゃない。

ドスケベ催眠術師と関わる時点でノーサンキュー。ましてや弱みで強請《ゆす》ってくるようなヤツの頼みなんて聞いてたまるか。

「んー……」

頑なに拒否する俺に、片桐は顎《あご》に指を当てて少し考えてから、思い出したように、

「じゃあ同類のよしみで、ここはどうか」

「同類？」

予想外の言葉に思わず聞き返す。俺と片桐《かたぎり》の何が同類だというのか。

「もしかして知らない？」

キョトンとして驚いたような、意外そうな口調。

「何の話だ？」

「ちょい待ちミニッツ」

片桐が、テーブルに置かれたノートに手を伸ばし、パラパラとめくり始める。

背中の毛がゾワリと逆立つのを感じた。

おい、やめろ。その手を動かすな。

今更、つながりを見せつけてくるんじゃない。

「ここ」

片桐が手を止め、ある場所を示した。

山本《やまもと》沙慈《さじ》。

かつての俺の名前が『ドスケベ催眠メモリアル』に記載されていた。

他の字とも筆跡が同一のようだし、平助《へいすけ》の字に違いない。

「サジも私と同じく、師匠に何かしらの催眠術をかけられている」

根拠としてはこのノートにあるだけ。否定することはできる、が。

俺の頭はそれを真実だと認めてしまっていた。

なぜならそのほうが、合理的だから。

心臓の鼓動が速まり、急激に喉が渇いていく。

全身から嫌な汗が噴き出していた。

「顔色悪いけど、大丈夫？」

麦茶を一気に飲み干し、大きくため息。気を取り直す。

「問題ない。こんな体質だからな、驚いただけだ」

「本当に知らなかったんだ。びっくり」

「俺にはどんな催眠術がかけられていて、どんな解除条件が――」

と、ここでノートがぱたりと閉じられ、スススとしまわれる。

見ると、片桐が涼しげな顔を浮かべていた。

「関わりたくないという人にこれ以上は見せられない。体験版は終了、製品版は購入後に提示する」

ゲームの販促かよ。

「というわけでサジ」

「何だ？」

「脅迫は取りやめ」

「それは重畳《ちょうじょう》だ」

「代わりに協力をお願いしたい。お互いの催眠術を解除するために」

「わかった。協力しよう」

「もちろん回答はすぐじゃなくても――返事、早すぎでは？」

即答に驚いたのか、片桐《かたぎり》が目をパチクリ。それから胡散臭《うさんくさ》いものを見るような視線を向けてくる。自分から提案しておいて、その反応はどうなんだ。

「さっきまでと態度が違いすぎて逆に怪しい。ねじ切れるレベルの手のひら返し。拷問《ごうもん》を受けたらすぐに秘密を話すタイプ」

「持つ情報が変われば対応も変わる。そういうもんだろ」

繰り返しになるが、俺はドスケベ催眠術師と関わりたくない。

しかし、現状として得体の知れない催眠術をかけられてしまっているらしい。

これを放置することで、今後ドスケベ催眠術師とどのような因果を生むことになるかは未知数。それはいつ爆発するかわからない爆弾を抱えているようなもので、精神衛生上、大変よろしくない。

ならばすぐにでも解除すべきで、可能ならば専門家に協力を求めるべきだ。

今度こそドスケベ催眠術師との関わりを完全に断ち切るために。

たとえ一時的にドスケベ催眠術師と関わることになろうとも。

そうやって合理的な結論が出せて納得できるのなら、それは俺の意思となる。

「というわけでよろしく頼む、片桐」

「わかった。これからよろしく、サジ」

こうして俺と片桐は互いの催眠術を解除すべく、協力することになった。

「じゃあ、早速ノートを見せる」

「いや、それよりも先にすることがある。少し待っていてくれ」

不思議そうな表情で首を傾《かし》げる片桐を残し、俺はリビングから自室へ向かうのだった。


十分後。

「待たせたな」

元の位置に座って、印刷されたばかりで熱を残す紙束をテーブルに置く。

片桐は訝《いぶか》る目でそれと俺へ交互に視線を送り、やがて尋ねてきた。

「これは？」

「契約書だ」

「はい？」

「契約書だ。正確には『ドスケベ催眠術の解除に関する契約書』だ」

「なんで契約書が?」

「自室のパソコンでファイルを作成して印刷したからだな」

「違う、そうじゃない。制作方法は聞いていない。契約書が必要な理由を尋ねている」

「協力におけるルールを定めるためだ」

「それ、いる?」

「必要不可欠だ」

なんと愚かな問いだろう。

「口約束の決まり事なんて、言った言わないの水掛け論を生む火種《ひだね》でしかない。それを避けるためにも、大事なことは確認できる形で残しておくべきだ」

「それはそうだけど」

「後から『なんでわからないの?』と面倒くさい彼女みたいなことを言われても困るしな」

「彼氏面《づら》しないで。さっきも言ったとおり、私に恋愛をする気はない」

こちらだってドスケベ催眠術師との恋愛はお断りだ。

「そもそも、俺と片桐《かたぎり》じゃパワーバランスが違いすぎる」

「サジと腕相撲をしたら骨折する程度に貧弱な自信がある。私、か弱い美少女だから」

片桐が照れたように両手を頬に当てた。

というかそれは非力過ぎないか。

「片桐は俺がドスケベ催眠術師の子であるという弱みを握っているが、俺はお前のことを何も知らないだろ？」

「初対面なんだから、知られていたら怖い」

だったら俺が恐怖していることにも気づいてくれねぇかな。

「この時点で俺たちの関係は対等じゃない。今後一緒に活動をしていったとしても、片桐には『いざとなれば脅迫して従わせればいい』という考えが頭に残るだろう」

「否定はしない」

「だから俺たちはまず、対等な立場になる必要がある」

「理屈はわかったけど、どうやって？」

「そのための契約書だ」

テーブルに置かれた紙束を軽く叩き、視線を誘導する。

「ここに脅迫の禁止や催眠術解除協力への努力義務、平穏な日常の維持、違反の際の罰則等のルールを盛り込んだ」

「ふむふむ、つまり二人だけの秘密」

二人だけの秘密。

……。

危ない。甘酸《あまず》っぱいワードに男子高校生特有のメンタリズムが一瞬トキメキを覚えたが、よく考えたら一方的に弱みを知られているだけだった。

「そういう取り決めをすることで互いの立場を対等にして、片桐《かたぎり》が俺を仲間と認められる土壌を整えるんだ」

「なるほど」

どうやら納得してくれたらしい。

「ひとまず、サジがやベーやつ……、失礼、頭がおかしいのは理解した」

本当に失礼だった。

というか言い直した意味はないし、こいつにだけは言われたくない。

ここで片桐が狐のハンドサインのように二本指を立てる。

「その契約とやら、二つほど確認させてほしい」

「なんだ?」

「一つ目。契約書なんていっても、所詮はただの紙切れなのでは?」

確かに現時点でこの契約書は何の効果もない、ただの紙束だ。

だから、強制力を持たせる必要がある。

「契約締結の証として、片桐にはこの契約を順守すると自己暗示をかけてもらう。両者の催眠術解除を条件としてな」

これなら片桐の催眠術が先に解けた場合でも、俺に協力し続けることになるだろう。

「確認が後になって悪いが、自己暗示ができない、なんてことはあるか？」

「ドスケベ催眠術師を舐《な》めてもらっては困る。それぐらいは余裕」

とはいえ、と片桐が渋い表情で続ける。

「それだとサジが先に解けた場合、私が切り捨てられることもあるのでは？」

「それに関する規定は既に盛り込んである」

紙束をめくり、大量の字字字字字字字字字字字字字字の中から該当部分を指し示す。

「うへぇ、地獄のような文字列」

「ここだ」

「なんですぐにわかるの？　検索機能搭載なの？」

「そんな機能あってたまるか」

自分で作ったんだから、どこに何を書いたか把握しているのは当然だろう。

「基本的に片桐の解除条件達成を優先する。信用できないなら、俺が勝手な行動をしないようにそのノートの内容を見せないでも構わない」

先ほどノートの中身を見なかったのはこの条件を使えるようにするためだった。

「確かにそれなら、サジは私に協力せざるを得なくなる」

「互いの能力や情報量の差が大きいからな。この辺りが妥当な落としどころだろう」

「ちなみにサジはどうやって私が自己暗示をかけたことを確認するの？　まさか無根拠に信じ

る、なんてことはないはず」

言葉だけで信用できるほど、俺たちの間に信頼はない。何せ今朝出会ったばかりだ。

自己暗示をかけたふりをして、出し抜かれる可能性はあるだろう。

当然、それについても織り込み済みだ。

「俺にとって有利で、片桐《かたぎり》からすれば手間でしかない条件を契約書に盛り込む。それをちゃんと実行するかどうかで判断したい」

「手間でしかない条件？」

「契約中、片桐には使用するドスケベ催眠術の解除条件を全て共有してもらう」

要するに、抑止力だ。言い換えるなら、ドスケベ催眠解除権といったところか。

協力するからにはこいつを御する用意が必要になるだろうからな。

「それぐらいなら構わない」

「随分あっさりだな」

「サジができないことを条件にすれば、知られたところでモーマンタイ」

「それはせこすぎるだろ」

「冗談はさておき、解除されるような悪いことをするつもりはない」

「どうだかな」

ドスケベ催眠術師を名乗り、さらには出会い頭にクラスメイト全員を全裸にしたやつの言葉を鵜呑《うの》みにはできない。

「じゃあ二つ目の質問。……その契約書の内容は全部確認しないとダメ？」

言いながら、げんなりと分厚い契約書の紙束を指さしてくる。

「俺が作成したのはあくまでたたき台。ここから不備や余計なものがあれば両者ともに合意できる内容になるまで修正する必要がある」

「とても面倒くさい」

なんてことを言いやがる。

「なら一日一回しかドスケベ催眠術を使用できない、みたいな記載があっても構わないんだな？」

「それは困る」

やはり、ドスケベ催眠術の制限は避けたいらしい。

「ドスケベ催眠術は私のアイデンティティ」

アイデンティティが酷《ひど》すぎる。

「それが使えないと、ただのか弱い美少女になってしまう」

隙あらば図々しいな、こいつ。

「とにかく、そんな契約を結ばされたくなかったら自分の目で内容をちゃんと確かめるんだな」

「……仕方がない。うわぁフォントちっさい」

片桐が億劫《おっくう》な表情と声でぼやいた。

「もう質問はないか？」

「とりあえずない」

「なら早速、ドスケベ催眠術の解除に関する契約書の内容を精査するとしよう」

「うへぇ」

片桐《かたぎり》が気怠《けだる》さ全開でぐでーっとローテーブルに突っ伏す。

「うへぇボタンを押すな」

「うへぇうへぇうへぇ」

うへぇ1回で100円とでも契約書に盛り込んでおくべきだったか。

なにはともあれ。

こうして『ドスケベ催眠術の解除に関する契約書』に基づいた契約が締結され、自己暗示によってこの内容の順守が片桐自身に刻み込まれる。

断ち切れていたドスケベ催眠術師との関わりは、こんな形で再開されるのだった。


ところで、余談のような大事な話がある。

それは契約が締結された後のこと。

「そういえば、あれは見せてもらえるのか？　もちろん、信用できないならいいんだが」

「見たい？　あれ？　何のこと？」

うへぇ
うへぇ
うへぇ

言葉の意味を全く理解していないのか、首が傾《かし》げられる。

しかしすぐに、片桐《かたぎり》はハッとしたような表情を浮かべた。

というわけで突然、ブレザーを脱いだ！　そしてブラウスのボタンを外し始めた！

「待て待て脱ぐな脱ぐな！」

慌てて制止をかけることで、片桐の手がブラウスの第三ボタンで止まる。

「サジのことだから脱衣を要求したのかと」

俺のことだからってなんだ。さらりと変態扱いするな。

ちなみにブラウスの下には黒いTシャツを着ていて肌の露出は全くなかった。ガードが堅いのは良いことだ。そしてどうでもいいが、片桐の胸部は平野だった。知ってた。

「仮に俺がそれを要求したとしてなぜ脱ぐんだ？」

「焦るサジを見て楽しみたかった」

小悪魔かな？　からかい上手の片桐さんかな？

「そんなもの見て何が楽しいんだ」

「ずっと仏頂面《ぶっちょうづら》で見ていてつまらなかったから」

「お前には言われたくない」

「それにしてもこの程度であそこまで慌てるなんて……童貞はチョロくて助かる」

「待て」

「何？」

「俺が童貞の前提で話をするな。そして片桐の考えはすべての童貞に対する偏見で、俺はチョロくない童貞だ」

「つまり童貞。ふっ」

失笑された。しまった、女子に童貞と指摘されて動揺した。

いやしかし仕方がないことだ。する相手がいたかどうかはさておき、まだ高校生で責任も取れない年齢なのにそういうリスクを持つのはよくないのだ。ならば高校生は童貞なのが合理的でスタンダード。むしろ非童貞は合理的じゃないまである。する相手がいたかどうかはさておき。つまり片桐が俺を童貞と笑うのはナンセンス、高校生は童貞でいいんだよ！

……この理屈なら納得できる。

ふう、危ない危ない。心に致命傷を負うところだった。

話を戻そう。

「俺が見てもいいか確認したのはそのノートのことだ」

まったく酷《ひど》い勘違いだ。さっきからこちらを変態扱いしているが、こいつのほうがよっぽど脳内ピンク色じゃないか。ドスケベ催眠術師らしいといえばそのとおりだけれども。

「さっきも言ったとおり、別に見せてくれなくてもいいんだが」

「構わない。そもそも見ないと言い出したのはサジで、私は協力してくれるのなら最初から見せるつもりだった」

服装を整えた片桐《かたぎり》は何の躊躇《ためら》いもなく、ノートの該当ページを開いて差し出してくる。

……妙だな。催眠術の解除条件を教えるということは、出し抜かれるリスクを許容しているか、あるいは俺を信頼しているみたいじゃないか。

「それは助かる」

訝《いぶか》りつつも礼を言い、俺は受け取ったノートに目を通す。

……。

「見られる前に協力を取りつけられてよかった。やったね」

……こいつ、わかってたな？

山本沙慈《やまもとさじ》。

催眠術がかけられた時期は今から十年ほど前、俺が小学一年生の時。

どのような催眠術がかけられているかは未記載。

そして肝心の解除条件は、こう書かれていた。


『_(._.)_ゴメンネ…』

「これは酷《ひど》い」

片桐には確信が、ある意味での信頼があったのだ。俺がこのノートを見ても理解できないという信頼が。

ワケわからんし。舐《な》めんな。これで、どうやって解除しろと？

「というわけで、末永くよろしくどうぞ、サジ」

とてもとても残念ながら。

片桐真友《まとも》とは、長い付き合いになりそうなのだった。

ドスケベ催眠術の解除に関する契約書

佐治沙慈《さじさじ》（以下「甲」）と二代目ドスケベ催眠術師である片桐真友《かたぎりまとも》（以下「乙」）とは、以下のとおりドスケベ催眠術の解除について契約を締結する。

（ドスケベ催眠術の解除について）

第一条　甲と乙は、それぞれにかけられたドスケベ催眠術の解除を協力して行うものとする。なお解除行為については乙を優先して行うものとする。

（協力事項について）

第二条　甲と乙は両者のドスケベ催眠術解除に向けた活動を誠実に行い、別途附則に設けるドスケベ催眠術解除に有用と思われる行動を進んで行うものとする。ただし不可能な事項や片側に不都合を生じさせる場合はその限りではない。また附則にない場合でも有用と判断をした場合はその場の判断にて実施し、後から附則に追加することができる。

（禁止事項について）

第三条　協力にあたり、甲がドスケベ催眠術師の子であることの流布やそれを仄めかす行為等により平穏を破る行為を禁ずる。

（回復義務と契約の解除について）

第四条　第三条に違反があった場合、乙は事態の収拾をするものとする。またその場合、甲は乙に対して契約の解除を求めることができる。

（ドスケベ催眠術解除権の共有）

第五条　契約期間中、甲は乙が使用した全てのドスケベ催眠術の効果並びに解除方法を知る権利を有する。

（契約の終了）

第六条　当契約は、甲と乙両者にかけられたドスケベ催眠術の解除をもって終了とする。


〜中略〜


（協議）

第五十四条　この契約に定め無き事項もしくは解釈に疑義が生じた場合は、甲乙協議の上、問題の解決に努めるものとする。

以上本契約締結の証として契約書2通を作成し、甲乙記名押印の上各1通を保持する。
●月△日　甲　佐治沙慈
乙　片桐真友

2章　ソロモンの迷宮

翌朝。

雲一つない快晴の中、初夏の暑さに包まれながら通学路を歩く。

古びた住宅街や開店前のスーパー、遊具の少ない公園の並びを抜け、交差点に差し掛かる。

そこで片桐《かたぎり》を見つけた。

信号が青く点灯しているのに学校のほうへ進むことはなく、時折スマホで時間を確認してそわそわとしている。まるで何かを待っているようだ。

……。

よし、迂回しよう。偶然会っただけなのにストーカー呼ばわりされる未来が見える。

というわけでワンワンを避けるマリオがごとく、俺は最短ルートを外れて遠回りすることに。

そこで偶然にも、片桐がちらりと視線を向ける。

目が合った。

！

片桐の頭上にそんなマークが浮かんだように見えた。直後、スタスタとこちらに歩いてくるではないか。目と目が合うとバトルな世界の住人なのだろうか？

「おはようサジ。こんなところで奇遇」

「おはよう片桐。確かに通学中に会うなんて奇遇だな」

昨日、我が家へ向かった道中の交差点だが、本人が奇遇と言うのだから奇遇なのだろう。

「それじゃあ、また学校でな」

何待ちかは知らないが、邪魔をするのも悪い。彼女を置いて先に学校へ向かうことにする。

しかし、

「待って」

「ぐぇ」

ブレザーの裾をつかまれ、つんのめって変な声が漏れた。

飼い犬が従順なのは、首輪をつけられて痛みを覚えた結果なんだなぁ。どうでもいい知識を、身をもって知ってしまった。

「ここで会ったが百年目。一緒に登校しよう」

止まって振り返ると、相変わらずの無表情でそんな宣告をされる。何だその言い方は。俺は仇敵か？　登校じゃなくて投降させるつもりにしか聞こえないんだが。

「誰かと待ち合わせをしていたんじゃないのか？」

「？　サジがここを通るのを待っていただけ」

「奇遇だったんだよな？」

「小さいことは気にしない」

自分の胸の話だろうか。

「失礼なことを考えないで」

何も言ってないだろ。

「視線でわかる」

何も言ってないだろ。

……いや、なんで会話が成立してんだ。やはり妖怪、読心術の精度が高すぎる。

「ともかく登校だな。まあ、今日ぐらいなら構わんが」

「これから平日は毎朝。この時間にここで待ち合わせする感じで」

「毎日って、お前」

女子が、毎朝一緒に登校することを要求するなんて。

それが意味するのは、

「俺のことが好きなのか?」

「冗談は存在だけにして」

呆れたような顔で言ってくる。どうして勘違い一つで存在まで否定されなきゃならんのか。

「朝一緒に登校するのは、仲間感がある気がする」

「仲間感? ……あぁ、なるほど」

片桐《かたぎり》にかかった催眠術解除の行動の一環というわけだ。

「催眠術の解除は私の認識によるものが大きいから、これの積み重ねで私にかかった催眠術が解ける可能性がある。つまり、断るのは契約書にある努力義務違反にあたる」

そういうことなら断る理由もない。

ただし毎日というのは避けたいところ。

理由はシンプル、俺が人と一緒に行動をするのが苦手だから。時間効率《タイパ》が悪いんだよな、集団行動って。一緒に行動しているのを見られたら、いろいろと勘違いもされそうだし。

「週一回ぐらいでいいと思うんだが。面倒だろ」

「私はこのすぐ近くで一人暮らしをしている。どうせ通学路は同じだから気にしなくていい」

残念ながら提案は却下される。というか、

「それなら昨日はお前の家で話せばよかったんじゃ？」

「女子の部屋に押し入ろうとするなんて、サジはえっちまんだ」

「えっちまん言うな」

小学生男子のあだ名かよ。

「ともかく、それでよろしく」

結局、強引に押し切られた。

……仕方がないか。理由もちゃんとしたものだし、納得するとしよう。

まった。

「わかった」

そうして、俺は彼女の要求を全面的に受け入れることに。本当に投降したみたいになってしまった。

そんな俺の態度に、片桐《かたぎり》はほおーと感心したように、

「協力を決めるときもそうだったけど、サジは適切な理由があればすぐに割り切れる。大人」

「急に褒めるな」

「社会の犬、天性の奴隷《どれい》、社畜の才能、忠犬サジ公」

「急に罵倒するな」

「褒めたのに」

「それが誉め言葉になることないだろ」

ともあれ、前にも言ったとおり、口約束は水掛け論の火種《ひだね》でしかない。

「登校に関する規定を附則に付け足しておくぞ」

「そう言われると仲間感が薄れてビジネス感が漂う」

ため息とともに、片桐の眉がハの字に歪んだ。

そんなこんなで一緒に登校。

片桐にペースを合わせて歩き、適当に話す。人前でドスケベ催眠術云々を話すわけにもいか

ないので、会話の内容は大概がどうでもいい雑談だ。

やがて駅と学校間の大通りに合流すると、幅の広い歩道を行軍のように進む大量の布能高校《ふのうこうこう》生の流れに交じる。

そこで改めて思う。いや、昨日からずっと思っていたことではあるが。

片桐の容姿は目立つ。

先ほどから周囲の視線が片桐に集まっていた。隣を歩く小市民としては肩身が狭い。

「ドスケベ催眠術で人の注目を集めてないよな？」

周りに聞こえないよう、小声で尋ねる。

昨日は周囲に認識されなくなる術を使っていたし、逆もできるんじゃなかろうか。

「できなくはないけど、そんな面倒なことはしない。まあ、いつものこと」

当然であるかのように言う。使わないでこれか。美少女様は大変だ。

「とはいえ、サジが人に見られたら恥ずかしい存在なのは理解している」

人を猥褻物《わいせつぶつ》みたいに言うな。

「というわけで、どうにかする」

足を止めた片桐が、目を閉じてから深呼吸。

それから髪飾りをキンと弾《はじ》き、

「ドスケベ催眠四十八手――透明認滅《とうめいにんげん》」

直後、俺は周囲の音が曇るような感覚に陥る。ドスケベ催眠術への拒絶反応だ。

「透明認滅《とうめいにんげん》。周囲から認知されなくするドスケベ催眠術」

その言葉を裏付けるように、向けられる視線はほとんどなくなっていた。

まるで魔法だ。

「解除条件は髪飾りを外すこと。外れているように見せるだけでも効果は出るから、隠すだけでもオンオフできる」

言いながら、片桐《かたぎり》が手を被せたりどけたりを反復すると、その動きに連動して周囲の視線が集中と離散を繰り返す。

「便利なものだな」

今までは迷惑を被るだけだったから考えたこともなかったが、恩恵を得る立場になると、その利便性を思い知らされる。

同時に、彼女が人を肉人形と思ってしまうのも仕方がないとわかってしまうのだった。

「それほど便利じゃない。師匠も、これだけでは女湯に入れないと言っていた。入口の監視カメラでバレるって。機械越しには誤魔化《ごまか》せないから」

「もっといい使い道あるだろ」

ドスケベ催眠術師としては正しいのだろうけど。

「何にしても、注目されないのは助かるな」

「そうでもない」

「どういうことだ？」

「周りを見ればわかる」

言われ、周囲を見渡す。

視線が向けられているわけではないが、意図的に逸らされてないか、これ？

「周囲の人が興味を持てなくなっているのは私だけ。つまりサジは何もないところに話しかけている怪しい人に思われている」

「先に言ってほしかった」

「大丈夫、どうせ今までも不審者みたいに見られていた。何も変わらない」

何も大丈夫じゃないんだが？


教室にて。

昨日同様、俺の左隣には人だかりができていた。

その中心はもちろん片桐。席に着いたところで、ドスケベ催眠術を解除したようだ。

ところで今朝は、ドスケベ催眠術で興味をなくさせるのが遅かったらしい。つまり、俺が片桐と一緒に登校していたのは多くの人に見られていたようで、

「サジが周囲に先んじて一人で親交を深めていると、男女問わず皆が羨望《せんぼう》していたぞ？」

大将が苦笑しながら教えてくれた。面白がってんな、こいつ。

「みたいだな」

事実、今も一部からチクチクと痛い視線が向けられている。

「昨日の今日で一緒に登校とは……、なかなか手が早い」

「やめてくれ。今朝は偶然会っただけだ。どうもご近所さんらしい」

「で、あるか。可憐な転校生と近隣関係とは、幸運の女神のツキがあるようだな」

「ついでに、今後一緒に登校することになった」

「ラブコメの女神のほうであったか」

「ラブもコメもねえよ」

残念ながら、あるのはドスケベ催眠術の解除に関する契約だけなんだよなぁ。

そんなわけで彼女と話す暇などどこにもなかったのだが、いつの間にか、昼休みに弁当を持って屋上集合するようにとメッセージが届いていた。

今日の放課後に早速ドスケベ催眠活動をするらしく、打ち合わせをしたいとのこと。彼女にかかる催眠術解除に必要な『仲間と思われる』ための本格的な活動、その準備というわけだ。

ちなみにドスケベ催眠術関連の話は基本的に対面で行うことになっている。情報漏洩《ろうえい》のリスクをヘッジするためだ。記録が残るのも便利だが、これはトレードオフなので仕方がない。

そんなわけで昼休み、屋上へ向かう。

布能高校《ふのうこうこう》の校舎は上空から見るとカタカナのヨの形をしており、上、真ん中、下、右のそれぞれに屋上がある。右が緑化設備と室外機でここだけは学生の立ち入りが可能。対して真ん中と下のソーラーパネル、上の防災設備の屋上は学生の立ち入りは不可とされる。

今回呼び出されたのは防災設備のある屋上で本来立ち入れない場所だが、大丈夫だろうか？ なんて思ったが、杞憂《きゆう》だった。

屋上へ続く扉に鍵はかかっていなかった。後で聞いた話だが、鍵の管理をする教員にドスケベ催眠術をかけて、スペアキーを入手したらしい。もうなんでもありだな。

「こうなっているのか。……悪くないな」

初めて足を踏み入れた屋上は、なかなか興味深いものだった。

校舎の面積分の広さ、大量の室外機、外周を覆う鉄柵。

見上げれば邪魔なものひとつない青空が広がり、自然の風が体に浴びせられる。柵の向こうには普段歩いている道路が遠くまで見えた。

「サジ、こっち」

立ち入りを気づかれないように扉を閉めたところで声がかかる。防災倉庫の北側からだ。

日陰となっているその場所で、片桐《かたぎり》は壁沿いのちょうどいい段差に腰かけ、コンビニおにぎりを小動物のようにちまちまと口に運んでいた。

「待たせたか？」

「そんなに。お隣どうぞ。話の前にまずはご飯」

言いながら、自分の隣をとんとんと叩く。

五十センチほど空けて隣に座ると、俺も持ってきた弁当を食べ始めた。

「……サジ、一応聞いておくけど、それは？」

怪訝な口調。同時に胡乱《うろん》な視線が俺の弁当箱に向けられる。

「自作の弁当だ」

「ゆで卵が入っているだけにしか見えない」

「それがどうかしたか？」

俺の返答に、片桐《かたぎり》がうへぇとドン引き。

昼食代を節約できて栄養素もばっちり。調理も簡単、少量で腹も膨れる。いいものなのだが。

「健康で文化的な最低限度の生活を下回っている」

「ゆで卵は文化的だろう。火と水、さらに塩まで使っている」

「文化レベルが原始時代」

「俺の食事なんだから何でもいいだろ」

「確かにサジの餌は私には関係ないけど」

餌とか言うな。俺は犬かよ。

話しているうちに食事を終えたので本題に入る。

「で、そろそろ今日の放課後の話をしてもらってもいいか？」

「サジの脱法ランチに驚いて忘れてた」

「俺の弁当は合法だ」

片桐も食事を終えたのか、コンビニおにぎりの包みをビニール袋にまとめてからコホンと咳払い。そして気を取り直すように口を開いた。

「今日の放課後、早速ドスケベ催眠活動をするから一緒に来て」

「ドスケベ催眠活動」

今更だが、字面《じづら》と響きが酷《ひど》すぎる。

何にしても、俺の回答は決まっている。

「わかった。予定もないし問題ない」

「嫌がらないの？」

「そういう契約だからな」

それが締結されている以上、もう意思表示はするまでもない。

こうして躊躇《ためら》いを見せないほうが、片桐も俺に仲間意識を持ちやすいだろうし。

「それじゃあ放課後、よろしく」

……。

「思ったより早く終わってしまった。サジ、早すぎ」

「判断が早いと言え」

主語が曖昧だと別の何かが早いみたいじゃないか。何とは言わないけど。

どうやら俺が渋って説得に時間を要する想定だったらしく、もう用件はないそうだ。

そんなわけで、昼休み終了までしばらく時間がある。

いい機会なので聞いておくとしよう。

「ところでその、ドスケベ催眠活動ってのは具体的に何をするんだ?」

仲間と思われるためにも、活動内容を覚えて、自分のできる範囲で役に立つとしよう。

人が全裸で踊り出すようなら、心の準備をしておきたいというのもある。

「言ってなかった?」

「聞いてたら、改めて聞かないだろ」

一応事前にネットで調べてみたが、アダルトサイトしか出てこなかった。

「内容を知らないのによく了承したね、びっくり」

契約がある以上、どうせ断れないからな。と、これを言うと仲間感が薄れるとか言われそうだから、口にはしないが。

「これから私が、私たちがするのは人助け」

「人助け?　ドスケベ催眠術師が?」

驚いたように聞き返すと、彼女はコクリと頷《うなず》いてから、

「例えば今回の依頼人は布能高校《ふのうこうこう》に入学したばかりの一年生の女子。入学式以降、学校に行けなくて、それをどうにかしたいという内容」

「不登校か」

「それをドスケベ催眠術で解消するだけの簡単なお仕事」

不登校の解決が簡単だなんて、意識高い系NPO法人垂涎《すいぜん》の人材だな、こいつ。

「ドスケベ催眠活動はそんな感じの、困っている人々の心をササッと助ける活動」

随分と殊勝《しゅしょう》なことだ。

……。

「なんでドスケベ催眠術師が人助けなんてするんだ？」

普通に考えると、ドスケベな催眠術で欲望のままにやりたい放題、みたいなイメージだ。

かつて、あの男がそうであったように。

「ドスケベ催眠術師には、ドスケベ催眠オブリージュの精神がある」

「ドスケベ催眠オブリージュ……？」

「『ドスケベ催眠術師はドスケベ催眠かけられし者に義務を負う』という意味。聞いたことくらいはあるはず」

「ねえよ。初耳だよ」

無駄に語呂《ごろ》がいいのが腹立つ、ドスケベ催眠オブリージュ。

「力を持つ者の義務。助けを求める人のために力を使うということ」

「そりゃご立派なことで……ちょっと待て。だったら教室の件はどうなるんだ？」

クラスメイト全員がドスケベ催眠術を求めていたなんてことはないはずだ。

「何事にも例外はある。全裸にしたのは私がドスケベ催眠術師であることを知らしめつつ、サジを炙《あぶ》り出すためだった。しゃーない」

しゃーなくないだろ。

俺の名前を知っていたんだから、炙り出すまでもなかっただろうに。

あれがあったから片桐《かたぎり》がドスケベ催眠術師だとすぐに認めたというのは否定しないが。

「とにかくアフターケアさえすれば大丈夫。最後に記憶を封じれば万事ＯＫ。バレなきゃ犯罪じゃない」

ふと、平助《へいすけ》が引き起こした各種事件を思い出す。

実はどの事件でも、ドスケベ催眠術による被害を受けたと訴えた人はいなかった。だからこそ異常性が際立ち、ドスケベ催眠術師という名は世間に広まったのだ。

要するに『ドスケベ催眠オブリージュ』とは、『人のために使いましょう』と『ヤバいときは記憶を消してバレないようにしましょう』という行動指針を指すらしい。

となると、一つ疑問が湧いてくる。

「なら、どこにドスケベ要素があるんだ?」

「さあ?」

コテンと首を傾《かし》げる片桐。

「そういうことには使えるけど、普段は使わない」

「ならドスケベ催眠術師名乗るなよ……」

「技術と思いを受け継いだ。私の誇りでアイデンティティ。捨てられるものじゃない」

髪飾りをいじりながら淡々と言う。その表情はどこか誇らしげ。

「それにネームバリューがラポールを形成して催眠術をパワーアップさせるから、利用しない手はない」

ラポール。信頼関係を意味する心理学の言葉だ。

友人間での信頼などとは異なり、例えば病院で医者に言われたら納得できるとか、授業中に先生が言ったことだから正しいと思うとか、あれのこと。

これが強いほど、催眠術はより強固なものとなる。

つまり彼女はドスケベ催眠術師という名前に込められた過去の実績やその名がもたらす恐怖を利用することで、自分の力を高めているのだ。催眠術師にとってのバフのようなものだろう。

もっとも、ドスケベ催眠術師を名乗ることなくクラスメイトらを脱がせたことを思えば、あまり関係ないかもしれないが。

「だから、驚くことになると思う。サジの持つドスケベ催眠術師の印象と実態はだいぶ違うものになるから」

それがどうした。

ドスケベ催眠術師の世間のイメージが変わったところで、過去は変わらない。

刻まれた傷がなくなることはない。

だが、そんなことを伝えても困らせるだけ。それは契約的に良くない。

俺はただ、彼女に仲間と思われるような言動をすればいい。

例えば、そうだな。

「ところで普段使わないって話だけど、いつなら性的なことに使うんだ?」

「前、選挙の応援演説で使った」

「それ政治的だろ」

というか、ドスケベ催眠術で有権者に呼びかける政治家は落選しろ。

*

放課後。

俺と片桐《かたぎり》は電車で隣町を訪れ、斜陽の中、適度な自然のある住宅街を歩いていた。

美少女転校生とお出かけ。普通の男子なら憧れのシチュエーションだ。残念ながら、ドスケベ催眠活動に同行しているだけだが。都合よく記憶喪失になりたい。

「そういえば、依頼ってどうやって受けているんだ？」

ふと気になったので尋ねてみる。

ドスケベ催眠術師と関わらないようにすべく、俺はドスケベ催眠術師の情報収集を頻繁にしていたが、二代目が活動しているなんて話は聞いたことがなかったのだ。

「ＳＮＳ。ダイレクトメッセージでやり取りをしている」

片桐がスマホを操作して、その画面を見せてくれた。

そこに表示されているのは『ドスケベ催眠本舗』という催眠音声の配信をしているサークルのＳＮＳアカウント。件《くだん》のドスケベ催眠ＡＳＭＲを販売しているサークルだ。

固定メッセージには、『ドスケベ催眠術師があなたを幸せにします。元気になる催眠をかけられたい方はＤＭまで』とある。

さて困った。

……見覚え、あるな。

ドスケベ催眠術師のことを調べると検索に引っかかるからだ。けして催眠音声を購入しようと思ったわけじゃない。

しかし、本物だとは思いもしなかった。似たような名目で活動をするサークルがたくさんあり、ドスケベ催眠術師の知名度を利用した偽物と思っていたためだ。木を隠すなら森の中、ドスケベ催眠術師を隠すなら、ドスケベ催眠音声の中ということか。

とはいえ疑問も残る。

「これで依頼が来るのか？」

これを本物だと信じて依頼する人がいるとは思えない。めちゃくちゃ胡散臭《うさんくさ》いぞ、これ。

「大体は紹介」

「いったい誰が紹介なんて」

「占い師、精神科医、臨床心理士、カウンセラー、あとは過去の依頼人とか。私の力が必要そうな人にこのアカウントを案内するようにしてもらっている」

思ったよりちゃんとした紹介だった。

入念な情報収集をしているつもりだったが、紹介や口コミで広まっていたとは。そういうのと無縁な俺では気づけないわけだ。

「ちなみに小学生でも連絡しやすいようにするため、この名義では全年齢対象作品しか販売していない」

「これに連絡する小学生がいてたまるか」

なお一番売れているのは『限界社畜のボクをオギャらせてくれる金曜日深夜のお姉ちゃん系幼馴染《おさななじみ》ママのドスケベ催眠膝枕えすけえぷ』とのこと。販売数はなんと一万超え。

世の中、疲れている人が多いんだな。こういうのを買うことなく、人生を終えたいものだ。

あぁ、それと。

この名義では、という発言には触れないでおこう。


話しながら歩くことしばらく。

「ついた」

表札に真昼間《まひるま》と刻まれた立派な一軒家の前で、片桐《かたぎり》が足を止める。

どうやらここが今回の依頼人の住居らしい。

「じゃあ行こう」

俺の首肯《しゅこう》を確認し、片桐がインターホンを押す。

『はい、どちら様でしょう?』

返ってきたのは女性の声。落ち着き具合からして、おそらく大人だ。

「初めまして、ドスケベ催眠術師です」

「え?」

堂々と名乗るとか、マジかこいつ。

『え?』

インターホン越しの声も驚いた様子。突然ドスケベ催眠術師が来たら、そうもなるだろう。

「私はドスケベ催眠術師。依頼を受けて、ドスケベ催眠術をかけにきた」

『な、何の話でしょう？』

片桐《かたぎり》の口調が真剣だからか、動揺を示しつつも、一応相手をしてくれる。

「こちらの真昼間《まひるま》まひるから依頼を受けた。ドスケベ催眠術をかけてほしい、と」

『娘が、ドスケベ催眠術を……？』

相手の声は震えていた。

どうやら応答したのは依頼人の母親らしい。そして娘が依頼したことを知らなかったようだ。まあ娘も『今日ドスケベ催眠術師の人が来るから』とは言いにくいわな。

「とにかく中に入れさせてほしい。安心していい、ちょっと気持ちいい思いをして元気になってもらうだけ」

ブツッ。そんな音を立てて、通話が切れた。そしてすぐに扉からガチャガチャと音が聞こえてくる。チェーンロックをかけられた音だ。

「おかしい。切られた」

「だろうな」

出だしから最低だったが、特に最後が酷《ひど》かった。特殊な変態と思われたに違いない。

片桐も自分の失態に気づいたのだろう。手をポンと叩いてから、

「多分、変態だと勘違いされた」

「勘違いじゃないと思うんだが」

「私としたことが中に入れさせてなんて、まるでヤリチンみたいなことを……」

いや、ドスケベ催眠術師だからだろ。

数分後。

「おあがりください」

真昼間母は俺たちを娘の友人と認識し、友好的に家へ招き入れた。

もちろんそれは真昼間母の本意ではない。俺が宅配業者を装って扉を開けさせたところで、すかさず片桐がドスケベ催眠術で認識を一時的に書き換えたためだ。ほとんど犯罪な気がするのは俺だけだろうか。

そうして二階に上がって突き当りの扉の前に案内される。

「ここがまひるの部屋です」

真昼間まひる。今回の依頼人の名前だ。ゴリラの正式名称ってゴリラゴリラゴリラだったなとか、そんなことを彷彿《ほうふつ》させる名前だった。まあ、佐治沙慈《俺》が言えたことじゃないが。

「まひる、お友達が来てくれたわよ」

真昼間母が扉をノックして呼びかけるも反応はない。

「死んでる？」

「勝手に死なすな。部屋にいるのは間違いないんですか？」

「ええ、そのはずだけど。音楽でも聴いているのかしら」

「多分そう。カギがかかっている」

片桐《かたぎり》がドアノブをひねるも、ガチャガチャと音がするだけで開く気配はない。扉自体にカギがかかるタイプではないので、中に施錠した本人がいるのは間違いなさそうだ。

「受験の時、勉強に集中できるようにって理由でカギをつけたのがまずかったかしら」

困ったように真昼間母《まひるま》が手のひらを頬に当てる。

「もう少し声をかけてみる。本人が聞かれたくない話もあるだろうから、下で待っててほしい」

そんな片桐の言葉に、俺は軽い耳鳴りを覚えた。この感覚は……。

「え、ええ、わかりました」

呆けたような声で返事をすると、真昼間母は階段を下りていった。間違いなく催眠術の影響だ。やはり先ほどの言葉には催眠効果が含まれていたか。

そうして扉の前に俺と片桐の二人が残される形に。

「技名を口にしなくても催眠術を使えるんだな」

「簡単なものなら」

「他のは省略できないのか？」

毎回技名を叫ぶ必要はないと思うのだが。

「宣言したほうが強くなるから必要」

だから簡易な催眠術は技名を言わなくてもいいが、強い催眠をかけるときは技名を言う、というわけか。無制限にできるわけでもないらしい。

「ここからどうするんだ?」

「連絡を取ってみる」

片桐はスマホを取り出し、真昼間まひる本人にメッセージを入れる。そういえば、ＳＮＳ経由で本人と直接やり取りをしているんだよな。

「だったら、玄関でもあんなやり取りをしなくてよかったんじゃ?」

「連絡はした。でもその時も反応がなかった。しゃーない」

だからって堂々とドスケベ催眠術師を名乗って正面突破を図るのはどうなんだ。

「というわけでメッセージを送ってみたけど、既読がつかない」

「出直すか?」

「まさか。本人に出てくる気がないなら、出てこさせるだけ」

「出てこさせる?」

「天岩戸伝説は知ってる?」

「概要ぐらいは」

日本神話の一つだ。引きこもった神様を外に出させるため、扉の外で宴会を開き、神様に外への興味を持たせて自ら扉を開けさせた話だったはず。

「そんな感じで彼女には、自ら出てきてもらう」

キンと髪飾りを鳴らし、片桐《かたぎり》がこぶしを作る。

それから深呼吸をして、扉とその先にいるであろう真昼間《まひるま》まひるを見据えた。

「ドスケベ催眠四十八手――伝導剣舞《でんどうけんぶ》」

宣言の直後、片桐はクワッと目を見開き、

「ドスケベ催眠パ～ンチ！」

気の抜けるような間延びした声とともに、グーに握りしめた右の拳をへなへなへなーと扉に叩きつけた。

ほどなく、ぺち、と肉がぶつかるような音。

「～～っっぁ！」

悶《もだ》えるような表情で手をぶんぶんと振って痛みを逃がす片桐。なお扉はびくともしていない。貧弱を自称するだけのことはある。

「物理的に解決しようとしているのか？」

「華麗で知的でスタイリッシュなドスケベ催眠術師はそんなことしない」

「なら脅迫か？」

「私は誰彼構わず脅迫しない」

「いや、俺にしただろ」

「サジは私にとって特別」

女子に特別と言われ、俺の男子高校生的メンタリズムが、……このパターンは覚えがある。

「だってサジには催眠術が効かないから」

そんなことだろうと思った。効く相手には催眠術を用いるというだけの話だった。

「とにかく、このまま続ける」

「続けるって？」

首を傾《かし》げる俺に答えるように片桐《かたぎり》は、

「真昼間《まひるま》まひる。いるのはわかっている、開けろ、開けろ」

扉をドンドンと叩きながら、中にいるであろう依頼人へ冷淡に語りかける。

「開けないと大事な人がエッチな目に遭《あ》う。父親が●●に▽▽して××な写真、母親が△△で□□な○○する動画がインターネットの海に流れることになる。とにかくすぐに応じるのが身のため。周囲の人に多大なる迷惑がかかる。いや、私がかける」

放送禁止用語の見本市、やっぱり脅迫だった。まったく、頭が痛い。天岩戸の話は何だったんだ。

それが続くこと三十秒ほど。片桐の執念が通じたのだろうか。

扉の向こうでゴソリと何かが動く音。

同時に疲れたようにため息をこぼし、片桐がその手を止めた。

「ドスケベ催眠天岩戸作戦、成功」

有名な神話をエロビデオのタイトルみたいに言うな。歴史に謝れ。

「成功って、何が？」

「伝導剣舞《でんどうけんぶ》。振動で相手に簡単な動作をさせるドスケベ催眠術。扉を開けたら解除される仕様。これで彼女は自らカギを開ける」

ふと、道中で聞いた、普通の催眠術とドスケベ催眠術の違いを思い出した。

一般的な催眠術の使用には、言葉を用いて対象の潜在意識に働きかける必要がある。あなたはだんだん眠くなるとか、椅子に座ったら力が抜けますとか、そういうのだ。

しかし、ドスケベ催眠術はそういうものとは一線を画す。

効果に強弱はあるが、対象の五感のいずれかを刺激するだけで催眠をかけられるのだ。それこそ姿を見せるとか、声を聞かせるとか、肌に触れるだけでもできてしまう。

曰《いわ》く、今回披露《ひろう》した技は手から発する振動によって、催眠術をかけるものらしい。叩かれた扉からの振動が空気あるいは壁を通して対象に伝わったことで、扉の奥で耳をふさいでいた相手に対しても効果を発揮し、カギを解く行動を誘発したというわけだ。

人類にこんなことができるものなのだろうか。

しかし事実として、彼女の手が止まると同時に俺の頭痛も収まっている。

やがてカチャリとカギの解かれる音がした。それからゆっくりと扉が開き、隙間から覗き込むように、メガネをかけた長髪の少女が顔を見せる。視線の高さが俺と同じであり、女子にしてはかなり背が高い。

「あの、カギを開けましたけど、いったいどのようなご用件でしょう?」

やや上ずった声。そこへ、

「失礼する」

「ひい、美少女!?」

片桐《かたぎり》が踏み入るようにその隙間に自分の脚を滑り込ませ、ずずいっと恐々とする少女の部屋へ押し入る。手慣れすぎなんだよなぁ。

その時、不慮の事故が起きた。

少女が一歩退いて体を半分ほど翻《ひるがえ》したことで、胸部の巨大な肉塊《にくかい》が遠心力で振り回される。

その軌道上には、脚を前に出したことで本来より位置が低くなった片桐の顔。

「ぎゃっ!?」

カエルが潰《つぶ》れたような声。

片桐は依頼人の少女、真昼間《まひるま》まひるの乳房にビンタされながら出迎えられるのだった。

……デカいな、いろいろと。

「あ、ご、ごめんなさい。その、急に動くと遠心力とかいろいろで」

「も、問題ない。事故だから気にしなくていい……事故？」

自分の発言に疑問を持った片桐が、自身のバリアフリーな胸部と真昼間の暴力的な胸部を見比べる。

「……遠心力で胸が、ぶつかる？　そんなことが、いや、まさか」

ぶつかる要素がなく事件さえ起こせないからか、片桐は自分の乳房だか胸筋だか肋骨だか胴体だかをペタペタスカスカと触りながら、珍しく遠い目をしていた。

「あ、えと、それで、どちら様でしょうか？　あの、初対面だとは思うのですが」

声をかけられ、片桐はコホンと咳払い。気を取り直してから返す。

「私はドスケベ催眠術師」

「あ、え、今日、でしたっけ」

「メッセージは送ってある」

「あう、すいません。日付、変わってたんですね」

驚きつつも、真昼間母のように拒絶する様子はない。どうやら本当に依頼をしたらしい。

「まひるの依頼を受けに来た」

「ひいい、いきなり名前で呼んでくる距離感」

怯えるの、そこ？

＊

部屋に通された俺たちは中央にあるラグに真昼間《まひるま》含めて車座になる。

真昼間まひるの私室は趣味色の強い部屋だった。

まず目を引くのが、壁にかかる犬耳美少女が尻尾を突き出す様子が描かれたタペストリー、ベッドに置かれた狐耳女子が横たわるイラストがプリントされた抱き枕。どうやらそういうタイプのオタクらしい。

他にもネオンを放つゲーミングＰＣの置かれたデスクに三面モニター、ラックにはゲーム機やフィギュア、本棚には小説や漫画、エレキギターにキーボード、ダンベルなど雑多なものが置かれている。なかなかの多趣味だ。

「あ、あんまりじろじろ見ないで、ください。まさか来客があるとは思わず、散らかり放題出し放題な感じの、部屋模様でございまして」

「あぁ、悪い」

もじもじおどおどと言われたので、部屋を見渡すのをやめて真昼間に視線を送る。

すると今度はたじろぎ始めた。

「うぅ、あまりこちらを直視しないでもらいたいのですが……」

「俺はどこを見ればいいいんだ」

虚空《こくう》かな？

「ごめん。サジは女子の部屋に入るのが初めてだからとても興奮している」

「してないが」

「あ、わ、わたしもお父さん以外の男性が部屋に入るの初めてで、きょ、恐縮です」

そうして真昼間が変な文字Tシャツと短パンに包んだ大柄な体を縮こませる。

真昼間は体格の割に小動物のようにおどおどとした性格をしていた。野暮ったく伸びた髪や洒落《しゃれ》っ気のないメガネからはあえて目立たないように努めているような印象も受ける。

とはいえ、男受けの良さそうな体形は隠しきれていない。長い前髪の隙間から見える整った顔や短パンから伸びる脚のムチッという擬音《ぎおん》が聞こえてきそうな肉感、そして何より眼前で存在感を放つ胸部が、

「ってぇ!?」

豊満胸部の後輩JKに視線を送っていたら、残念胸部の同輩JKに太腿をつねられた。

「キモイ、汚い、穢《けが》らわしい」

腕で自分の慎ましい胸を隠すようにして、片桐《かたぎり》が蔑むように睨《にら》んでくる。

「私のこともそうやって卑猥《ひわい》な目で見てたに違いない」

「それはない。そもそもお前の胸がどこかわからない」

「失礼な。だいたいこの辺りにあると思われる」

「いや、お前は正確な位置をわかれよ」

「そうやって乳首の位置を申告するよう、私を誘導している。サジは乳能犯だ」

普通に知能犯でいいだろ。そもそも知能犯でもないが。

「え、ええと、仲がよろしいんですね」

「仲が良い要素ないだろ」

互いにバカにし合っているだけでしかないと思う。

「喧嘩《けんか》するほど仲が良いというか、息がぴったりというか」

「まひる、あまり不愉快なことを言わないでほしい」

こいつ、俺を仲間に思う気ないな。

「あ、あはは……」

真昼間《まひるま》が口元を引きつらせて下手な愛想笑いを浮かべた。

一区切りついたと判断したのか、コホンと咳払いし、片桐《かたぎり》は話題を切り替える。

「改めて自己紹介。私は片桐真友《まとも》。二代目ドスケベ催眠術師。いえい」

そしていつものダブルピースちょきちょき。はいはいかわいいかわいい。

「よ、よろしくお願いします。……うわー、やっぱりかわいい人」

真昼間が緊張したようにおずおずと頭を下げる。

次は順番的に俺か。

「俺は」

「彼はサジ。見てのとおり変態だから、ドスケベな目に遭《あ》いたくなければ近寄らないように」

「名前しか合っていない紹介をするな」

見てのとおりの変態ってどんな見た目だ。遮《さえぎ》ってまで言うことか。

「改めて佐治沙慈《さじさじ》だ。サジでいい。片桐のドスケベ催眠活動の仲間をしている」

「そして私の師匠の息子でもある」

さらっとドスケベ催眠術師の子であることがバラされた。

「片桐、それは契約違反だ」

「契約にあるのは平穏な日常並びに平穏な高校生活の破壊につながる行為全般。引きこもりで影響力のないまひるに言っても要件は満たさない」

セーフなラインはちゃんと見極めた上でのセリフだったらしい。あとこいつ、地味に酷《ひど》いこと言ってんな。

「初代ドスケベ催眠術師のお子さんってことは……、もしかしてサジさんって、小学校の授業参観でドスケベ催眠術師の作文を発表したっていうあの？」

「そう、それ」

俺が何か言うよりも早く、片桐が肯定する。

平助《へいすけ》のことを調べたならその逸話にたどり着くのは仕方のない話か。黒歴史がネットの海を漂っていて辛《つら》い。

片桐《かたぎり》が肯定してしまった以上は否定しても意味はなさそうだし、言うとおり影響力もないだろうから今のところは放置しておくとしよう。

「あ、わ、遅れましたけど、真昼間《まひるま》まひるです。えっと、よろしくお願いします」

「知ってる」

「お、恐れ入ります」

小動物のように怖々と、真昼間まひるが頭をぺこぺこと下げる。

そんな彼女の動きに合わせて胴体の付属物もぽよぽよと揺れる。

健全な男子高校生が、無意識にそれに視線をちらちらと向ける。

ぺこぺこ、ぽよぽよ、ちらちらの永久機関がぐるぐるとまわる。

きっとこれがおっぱいの星におけるサイクル。巨乳は良い文明。

「……おっぱい星人」

隣の異星人が蔑むように吐き捨てる。

対して真昼間は何もわかっていなさそうにきょとんと首を傾《かし》げていた。

「自己紹介も済んだところで、そろそろ本題に入ったらどうだ?」

「むう」

誤魔化《ごまか》されているように感じたのか、話を進める俺に嘆息してから片桐は続けた。

「連絡をもらっていたとおり、依頼は不登校をやめたいということで合ってる？」

「まあ、はい。そんな、感じです」

「適切なドスケベ催眠術をかけるにあたり、まずは現状を聞かせてほしい」

「わ、わかりました。ぺらぺらつらつら、馬車馬のように話し、ます」

それから真昼間《まひるま》は、まるで懺悔《ざんげ》するようにその境遇を語り始めた。

「えっと、こう見えて、わたしは人と話すのがとても、苦手でして」

いや、見たまんまだろ。

「ただ高校ではうまくやろうと、高校デビューのようなものをですね、しようとしたんです」

「何をしたの？」

「その、趣味の友達が欲しかったので、それを前面に押し出したといいますか」

「趣味を前面に」

一瞬、片桐《かたぎり》が視線を部屋に飾られたタペストリーへ移した。

「具体的には何を？」

「……ネコミミと尻尾をですね、つけていったんです。誰かに話しかけてもらおうと思って」

他力本願だった。

「そうしたら、奇異の目が向けられただけだったというか。今でも覚えてます、あの『ざわっ』って感じ、うぁぁ、生きるの辛《つら》い、貝になりたい……」

奇異の目を向けるなというほうが無理だろう。

「以降一度も学校に行っていないのですが、そうしたら親がカウンセリングを受けろだの、精神科医へ通えだのと、言うようになりまして」

親の言うことももっともだ。

「健康だって返すと、じゃあ働けとまで言われる始末でして、それは無理だな、と」

わかりやすい陰キャだった。

「それで占い師に相談してみたら、ドスケベ催眠術師を紹介されまして、催眠術にかかれば、わたしでも学校に行けるかと思い、連絡を取って、今に至ります。……うぅ、話すだけで消えたくなるぅ……」

まとめると、『高校デビューに失敗して不登校になった』と。

「まひるの苦労も境遇もわかった」

「あ、はい、恐縮です」

「そのうえで、どう変わりたい？」

まっすぐな目で、片桐は聞く。

「どど、どう変わる、とは？」

「ドスケベ催眠術師がするのは、心にちょっとした変化を与えることだけ。だから聞かせて、まひるがどう変わりたいか」

「ええっと、それは……」

真昼間《まひるま》の視線が泳ぐ。どうやら、ハッキリとは決まっていないようだ。

しかし重要なポイントなのだろう。

片桐《かたぎり》はズイッと顔を近づけ、その点を詰めていく。

「誰からも好かれる明るい性格になりたい？　他人との交流を円滑にできるコミュ力が欲しい？　空気を読んで周囲に溶け込む能力が欲しい？　あるいはどんな場面でも話の流れを管理できるようなファシリテーション能力が欲しい？　それとも」

「あの、その、ひー、綺麗で美麗で端麗《たんれい》な顔面が近い……」

マシンガンのような問いに、真昼間は顔を赤くして目を回す。

なるほど、『人助け』と大雑把《おおざっぱ》に括《くく》られたドスケベ催眠活動の全容が見えてきた。

抱える問題への解決方法を確認し、それを実行するための精神状態を本人に付与する、といったところか。

……。

ドスケベは？

いや、それはいい。ないに越したことはない。

今するべきは、真昼間の抱える問題への解決方法を確認すること。

片桐はそれを聞き出そうと圧をかけているが、これはダメそうだ。

これまでの依頼人がどうだったかは知らないが、真昼間相手にこの聞き方は悪手《あくしゅ》だ。今の真昼間は、自身が抱える問題を解決するビジョンが見えていない。

そもそもこの方法は非効率すぎる。

余計なお世話かもしれないが、協力者として、少し介入させてもらおう。

「そう矢継ぎ早じゃ、うまく答えられないだろ」

片桐を真昼間から引きはがす。軽いなこいつ。

「あ、ありがとうございます、サジさん」

そうして真昼間からは感謝されるが、優しくしたつもりはない。

俺はただ効率よく解決する方法を提示するだけだ。

「わざわざそんなことを聞き出さなくても、ドスケベ催眠術で学校へ行くのが楽しいとか、陽キャになるとか、適当な認識を植えつければいい」

「それはダメ」

片桐が即座に否定する。

「合理的で効率的かもしれないけど、その方法は認められない」

「なぜだ?」

「勝手に相手のことを決めつけて、勝手に心をいじって、勝手に解決する。それはまひるの願いじゃなくて、私たちのエゴ。それで彼女が救われる保証はない」

それから憐れむような声が続く。

「ちゃんとした要望を聞かずにドスケベ催眠術をかけて、望まない結末になったら、後悔するのは私たち」

「ふむ……」

確かに勝手な決めつけで破滅させてしまったら、苛まれることになるだろう。

しかし相手が自らの意志で告げた言葉どおりの結果なら、まだ言い訳ができる。

後で不平を言われたときに『自分たちは指示どおりにドスケベ催眠術をかけただけ』と言い返せる状況を整えておくのは大事なことだ。

「理解した。要するに、責任逃れのためというわけだな」

「依頼人を尊重していると言ってほしい」

ともかく間違いではないらしい。

「す、すいません」

そこへ真昼間《まひるま》の申し訳なさそうな謝罪。

「私が優柔不断なばかりに、お二人を、険悪な感じにしてしまって」

「そうだな」

「ひぃ」

自虐を肯定すると、真昼間が怯えたように声を漏らす。言われて嫌なら自虐するなよ。

「サジ、追い詰めちゃダメ。浅慮で低能、感情が先行してビジョンなし、無謀で無計画で向こう見ずな頭の悪い人なんてたくさんいる。まひるに限った話じゃない」

「ごはっ!?」

擁護《ようご》したつもりなのだろうが、それがとどめとなった。フォロー下手すぎるだろ。

「う、うう、あの、ご、ごめんなさい……」

真昼間が肩を落とし、暗い顔でズーンと沈む。声も震えて嗚咽《おえつ》交じりだ。

瞳が濡れ、目元の粒が徐々に膨らんでいく。

「まったく、サジのせいでまひるが泣きそう。謝って」

「俺のせいだけじゃないと思うんだが……」

「サジのせい百パーセント。謝って」

自分よりもでかい真昼間の頭をよしよしと撫でながら片桐《かたぎり》がこちらを責める。傷つけた自覚ゼロかこいつ。

何にしても、話ができないと彼女の要望を聞き出すのに支障が生じる。

こうなった一因が俺にあるのも事実だ。

「すまなかった、真昼間。無遠慮だった」

「うん、サジはゴリゴリ合理に悪い。人心無視のロジカルモンスター。反省するように」

これは心外だ。俺は人心無視なんてしていない。

ただ、人心を損得や合理で判断しているだけだ。

「あとは片桐《かたぎり》の失言も悪かった」

「私、悪くない」

「悪かった」

「わぶ」

四の五の言う片桐の頭を持って強引に下げさせる。「なんで私まで」とぼやいているが、こいつは本当に反省したほうがいい。

そうして頭を下げる俺たちに対し、真昼間《まひるま》は慌てたように言う。

「あわ、その、あた、頭を上げてください。恐れ多い、ですので……」

特殊な泣き止み方だった。


「今日のところは出直そう。まひるの考えがまとまったらまた来ればいい」

真昼間が落ち着いたころを見計らって、片桐が日を改める提案をする。今日このまま真昼間に尋ね続けても要望を聞き出せないと判断したのだろう。

冗談じゃない。

情緒不安定な陰キャぼっち後輩ＪＫを泣かせそうになる心労まで負ったのだ。再びこれをするという精神的な負担を持ち続けたくない。可能なら今日のうちに片づけたい。

先のやり取りから、彼女に要望を言わせる方法の推測はついている。

ならば、この場で解決しておくべきだろう。それが最も効率的だ。

「帰る前に真昼間に話しておきたいことがあるが、構わないか？」

「まひるがいいなら」

「あ、わ、わたしは大丈夫ですけど、話とは、何でしょう？」

「昔、俺が不登校をやってた話だ。参考程度に聞いてくれ」

言葉というのは、誰が言ったかで受け取られ方が変わる。

だから、まずは俺の話が聞く価値があるものと判断してもらう必要がある。

そのためにも、俺は自分の経験を話すことにした。

「……こんな美少女を侍《はべ》らせる人が引きこもりだったって、嘘みたいですけど」

真昼間はぶつぶつと、自身に言い聞かせるように俺の言葉を疑った。

「侍らされてないし」と片桐も不機嫌そうにぼやく。

それ以上口が挟まれる様子もないので、俺はそのまま続けた。

「経緯は真昼間よりもシンプルだ。ドスケベ催眠術師の子って理由でいろんな人に嫌われて、酷《ひど》い目に遭《あ》って、学校に行きたくなくなった時期があるんだ」

当時はいろんな仕打ちを受けたもので、あまり思い出したくはない。

「……そっか、サジさんは、私よりもつらい目に」

ソースを出すことで真昼間《まひるま》が得心を示す。いい傾向だ。

「そんな中、自分がなぜ酷《ひど》い目に遭《あ》うのかを考えたんだが、何一つ悪くないんじゃないかという考えに行きついてな」

「じ、自信家ですね」

「俺が悪いことをしたわけじゃないからな」

俺は偶然にもドスケベ催眠術師の子として生まれただけ。

授業参観で発表したのだって、真面目に宿題をしただけだ。

だから自分が酷い目に遭うのは周囲が理不尽だからだと自信を持てた。

このころからだろう。

合理的であれば、自分を納得させて、心を上書きできるようになったのは。

「それで決めたんだ。学校へ行くのをやめよう、と」

「引きこもりなのに自発的」

字面《じづら》で見ると、出てくるんだか出てこないんだかわかんねえなそれ。

「そんなわけで、自分の意志で引きこもることにしたんだが――」

俺はいつまでも家から出ないでいるつもりはなかった。

なので引きこもり期間はいろんなことをして、とにかくできることを増やした。ゲームや小説を通じていろんな考え方を身に付けたり、勉強や自室でできるトレーニングで自己研鑽したりといった具合だ。

そうして、やり直すチャンスをうかがっていたころだ。

「——小五のころに親が離婚してな」

「だから師匠はバツイチだったんだ……。ちなみに理由は？」

「多分俺だな」

実際、母親を相当そそのかした。幸いにもドスケベ催眠術師と離婚するべき理由はいくらでも出てきたし、引きこもりだったので説得する時間はたくさんあった。

「まあそれをきっかけに、転校することになったんだ」

そうして俺は、母方の姓と、自分がドスケベ催眠術師の子と知られていない環境を手に入れた。

なお両親が離婚しなかった場合には、中学受験で他県の全寮制の私立中学へ行って、誰も自分を知らない場所でやり直す算段だった。

「そこからは普通に学校に通っているが、なるべく人とは関わらないようにしている」

交友関係が薄ければ、秘密を知られる可能性は下げられるし、仮に知られてもダメージを最小限に抑えられるからだ。

「でも、サジは結構誰かといる。今日も彫刻みたいな人と駄弁《だべ》っていた」

彫刻。大将のことだろう。

「学校生活だとペアや班での行動を強いられることがあるからな。そういうことのために、ある程度の関係性の相手を確保しているんだ。相手がこちらをどう思っているかは知らないが」

なので友人と呼べるほどのものではない。卒業すればあっさり途切れるような、インスタントな繋《つな》がりである。

「そんな引きこもり経験のある先輩からの助言なんだが」

「な、何でしょう?」

「ネコミミと尻尾、いいんじゃないか?」

「……あ、え?」

突然肯定され、真昼間《まひるま》が拍子抜けした声をこぼす。

「趣味の友達が欲しかったんだから、それをオープンにするのは理に適っている」

「いや、あの、それで奇異の目を向けられて、失敗したんですけど」

「本当に欲しいものを手に入れるのに必要なら、それでも続けるべきだ」

「それ、イタイやつになれと言っているだけ」

真昼間に代わり、片桐《かたぎり》が呆れたように言う。

「一度きりでやめたら、確かにそうだな」

でも、と続ける。

「目的を達成するまで続ければ、それは必要な過程になる」

アイドルだって、実業家だって、過去の発明家だって、何度も失敗という経験を重ねることで成功してきたのだ。

ネコミミで友達を作ることだって同じこと。

成功するまでやれば、黒歴史では終わらない。終わりよければ全てよし、というやつだ。

「でも、またあの奇異の視線を受けるのは、ちょっと、辛《つら》いものが……」

視線を落とし、真昼間がぼやく。

避けられた失敗経験から、すっかり怯んでしまっている。

この方向性だと、これ以上は難しそうだな。

「少し、考え方を変えてみろ」

「考え方ですか？」

「例えば、もしも俺が同類のオタク友達を求めるなら、ネコミミぐらい毎日つけるだろう。どれほどイタイやつと思われてもな」

そもそもオタク友達は求めていないし、自分から人に話しかけられるので相手に話しかけてもらう前提のムーブ自体が不要なわけだが、それは置いておくとして。ついでに「需要ない」とぼそり呟いた片桐も置いておくとして。

「それは、わたしとサジさんは違いますし」

「なら、何が違うと思う？」

「わたしとサジさんの違い、ですか……?」

真昼間《まひるま》が腕を組んでシンキングタイムに入る。胸が持ち上げられ、内側からの乳房の圧迫により、服があらぬ方向に伸びていた。

そんな中、片桐《かたぎり》が俺の肩をちょいちょいとつついて、耳を貸せとジェスチャー。耳を傾けてやると、

「……おちんちん?」

口元を手で覆い、俺にだけ聞こえる音量で囁いた。

突如始まった、無表情系美少女転校生によるおちんちん囁きASMR。これ、いくら払えばいいんですかね?

「やっぱり、違いはおちんちんなんだ?」

ゾワゾワする声で言う片桐。この発想、さすがはドスケベ催眠術師である。

「後輩女子に淫《みだ》らなことを言わせるプレイをするなんて、最低。変態、淫乱、凌辱魔」

「違う」

そんな高度な変態性は持ち合わせちゃいない。

「違うの? ……残念、間違えた、恥ずかしい」

カアッと赤くなる顔を見せないように、頬に両手を当てて片桐がプイッとそっぽを向く。おちんちん発言は平気なのに、そこは恥ずかしいのか。

ちょうどそのタイミングで、ぽつりと真昼間《まひるま》が口を開いた。

「自信、でしょうか？」

なかなか使えそうな答え。

「胆力があって、度胸があって、失敗を恐れずに自分を貫ける。わたしにはそんな自信、ありませんから」

「それはそのまま、お前がドスケベ催眠術師に求めるものにはならないか？」

「自信が、ですか？」

真昼間が驚くように目を丸くする。

「確かにまひるはもう少し自信を持っていい。卑下《ひげ》しすぎ。こんなにかわいいのに、えい」

片桐《かたぎり》が真昼間の前髪をかきあげた。

直後、「ひぇっ」と悲鳴を上げ、真昼間が慌てて飛び退く。

「いえいえいえいえ!?　その、わたしみたいにでかいのが、かわいいとか、ないですし。それを言うなら、真友《まとも》さんのほうが小さくて何倍もおかわいいですし」

「……へぇ」

真昼間の胸部を睨《にら》みながら、片桐が頬をピクリと揺らす。嫌なすれ違いを見た気がする。

「でも、わたしには無理ですよ。サジさんみたいな自信なんて、持てませんよ」

「どうして？」と俺は問う。

「その、陰キャで、友達がいたことがなくて、そもそも人の目を見て話すことも苦手で、誇れるような実績もなくて、そんなわたしがどうやって自分を肯定すればいいんですか」

「片桐、出番だ」

「まひる、生きててえらい」

「あ、ど、どうもです」

えへへと真昼間が笑う。今の、嬉《うれ》しいか？

俺はため息をついてから真昼間に言う。

「何のためにドスケベ催眠術師を呼んだんだ」

「え……？　あ」

本来なら、なりたい自分や身につけたい考え、自分の理想があっても、そうなるまでには多くの努力が必要となる。それは時に困難で、途中で諦めてしまうのはよくあることだ。真昼間のように、最初から無理だと思うことだってあるだろう。

しかしドスケベ催眠術師の力があれば、そんな精神的なハードルはないも同然だ。

「あの、真友さん。わたし、なりたい自分が見えた気がします」

ここまで彼女の根本を引っ張り出したのだ、もう俺の出る幕はないだろう。

「まひるはドスケベ催眠術師に何を願う？」

片桐が問う。

若干の間。真昼間《まひるま》が視線を泳がせる。

やがて、意を決したように直視して。

「わたしは、もうちょっとだけ、自分を認められるように、自分でも自信を持てるように、自分を好きに、なりたいです」

片桐《かたぎり》はその意志を確かに受け止めたと言わんばかりに、

「わかった、任せて」

能面のように変わらぬ表情のまま、頼りがいを見せるように自身の胸を叩く。

骨とか筋肉とかがぶつかったような、固い感じの音がした。


「サジ、入ってきて」

催眠術の準備のためにと部屋の外で待たされていたところへ声がかかる。

中へ戻ると、真昼間がベッドに腰かけていた。制服に着替え、頭には話題のネコミミ（薄紫色）が載せられている。着替えてもらったのは、催眠術をかけやすくするためらしい。

片桐はその正面にあるゲーミングチェアにちょこんと座っている。

「それじゃあ、ドスケベ催眠術の説明をする」

ただのオタク部屋ながら、まるで儀式が行われるような非日常感が、そこには漂っていた。

片桐真友《まとも》の、ドスケベ催眠術師のなせる技なのだろう。

「これからまひるは強い催眠術をかけられて、少しだけ眠る」

意識を失うのは、術の効果が強すぎて脳に大きな負担がかかるためらしい。

「そして次に目が覚めたときには、まひるが望んだ自分になれている。手軽で簡単、やったね」

随分とインスタントな性格改変である。

「この催眠術は、今日からちょうど一年後に解ける。途中の解除は私にもできない」

俺との契約を守るためか、解除条件が語られる。

「そ、それだと、解けたら元に戻っちゃうんじゃ……？」

「その時にはドスケベ催眠術がなくても、同じことができるようになっているはず。その経験と記憶が、まひるを本当に変えてくれる」

自転車の補助輪みたいなものだろうか。

「改めて確認。まひるがどうなりたいのかを、まひるの言葉で教えて」

「自分を認められるように、自分を好きになれるように、自信を持てるように、なりたいです」

直後、片桐がキンと頭の髪飾りを鳴らす。

「ドスケベ催眠四十八手――童貞卒業《どうていそつぎょう》」

とんでもない名前の技が出てきた。品性を疑うネーミングである。

なんて考えていると、片桐の右手が真昼間の額に伸びる。そして、

「てい」

ペシンと軽いデコピン。

貧弱な片桐《かたぎり》のそれは、大した衝撃ではないだろう。

「きゅう……」

しかしながら、急に脳震盪《のうしんとう》でも起こしたかのように、真昼間《まひるま》が背中からベッドに倒れた。意識はなく、リラックスした表情ですうすうと気持ちよさそうな寝息を立てている。

今のデコピンがドスケベ催眠術だったのだろう。

「童貞卒業《どうていそつぎょう》。対象を大人にするドスケベ催眠術」

大人にするって何だ。言い方が意味深すぎる。

「正確には責任感を植えつける効果。自分の直前の発言を守るようになる。だから、次に目覚めたまひるは自分の好きなものにまっすぐで、それを恥ずかしがりながらもやり通せる自信を持てるようになれている」

「最初からそう言えよ」

勘違いしちゃうだろ。むしろ勘違いさせるつもりしかないだろ。

「それにしても、ドスケベ催眠術にしてはまともな技だな。少し、感心した」

「ちなみに師匠は役者によく使っていた。演技力がすごく増すんだと」

あいつ、そんなこともしていたのか。不覚にも少しだけ感心した。

「三十歳の女性が十代のようにきゃぴきゃぴしたり、ビッチが清楚な感じになったり、素人《しろうと》なのに腰振りが堂に入ったようになったりして作品のクオリティが格段に良くなるんだと」

エロビデオの話だった。演者を悪く言うつもりはないが、俺の感心を返してほしい。

「何にせよ、ドスケベ催眠術はかけ終えた。撤収する」

片桐が腰を上げ、疲れたようにググッと体を伸ばす。どうやらもう引き上げるようだ。

「こいつは、眠ったまま放置でいいのか？」

ふにゃふにゃと睡眠中の真昼間へ視線を送りながら問う。

「ドスケベ催眠術師の出番は終わり。私たちがいてももうすることはない」

と言った直後、眼がスッと細くなる。

その視線の先には、眠りながら規則的な呼吸で胸を上下させる真昼間。

「……し忘れたことがあった」

「あるか？　もうドスケベ催眠術はかけただろ？」

「今日の昼、私にドスケベ要素がないと言ったのを覚えてる？」

「確かにそんな感じのことを言ったな」

「私は根に持っている。すごく、根に持っている」

「なぜ、今その話を？」

「意識のない後輩女子の乳を揉《も》みしだけば、サジもドスケベ要素を認めるはず。大きな胸がどんな感触なのか気になっているわけではなく」

そう言いながらも、手をワキワキとさせながら、興味津々と言わんばかりに目がキラキラしている。どうやら自分にないものを触ってみたいらしい。気持ちはわかる。

「認めるのもやぶさかじゃないが」

「じゃあ早速。対戦よろしくお願いします」

片桐《かたぎり》はシュバッとベッドに腰かけて一礼、眠る真昼間《まひるま》の胸に手を伸ばす。

つんつん、ぺしぺし、もみもみ、むにゅむにゅ、ぱみゅぱみゅ。

真剣な表情でひと通り触った後、自身の身体へスッと視線を落とす。

そこには凹凸なく広がる平野。

「……はぁ」

深いため息。

やめてくれ、見ているこっちが悲しい気分になる。

「片桐、これ以上へこむ前に帰らないか」

「へこむほど小さくない」

いや、胸の話じゃないんだが。

＊

真昼間家を出た俺たちは学校の最寄りの駅まで戻り、帰宅のために線路沿いの道を歩く。

一時間近く滞在していたためか陽もかなり傾き、赤と藍が混じった空は夜の訪れを知らせるよう。古びた街灯には羽虫が群がり、冷たい空気が肌に染みる。

「サジ、あげる」

唐突に、片桐が制服のポケットからじゃらじゃらと音を立てる封筒を差し出してきた。

「これは?」

「今日の交通費」

俺が部屋を出て待機していたときにでも受け取ったのだろう。

中身の金額を確認してから受け取ると、ブレザーのポケットにそのまま入れた。

「報酬とかもらっているのか?」

「もらってる。仕事だから」

「相場はどんなものなんだ?」

ちょっとした好奇心から聞いてみる。

「人による。今回の場合だと、経費以外は受け取っていない。高校生が使えるお金なんてたかが知れてるから。お金以外のことで支払ってもらう予定」

「金銭以外って何だ」

「秘密」

「どんな秘密を聞き出したんだか」

胸を大きくする方法とかだろうか。ありそうだ。

「失礼な。秘密といったら普通、教えないという意味」

「そっちか」

「むしろ秘密を聞き出すってどういう発想？」

呆れたように片桐《かたぎり》がため息をつく。

「報酬の具体的なところは話せない。多分今後もそう。少し、事情がある」

だからドスケベ催眠術の前に俺を部屋の外に出したのか。

「協力者なのに申し訳ない。今回は活躍もしたのに」

「活躍なんてしちゃいない」

「でも、まひるが自分の要望を話せたのは、サジが話しやすい雰囲気を作ったから。まるで歴戦のペテン師、嘘《うそ》吐《つ》きの天才、やはりドスケベ催眠術師の子は遺伝子が違う」

他に言い方あるだろ。敏腕取調官とか。あまり悪い属性を追加しないでほしいものだ。

「あれは話しやすい雰囲気というか――」

ただ、誘導しただけだ。

片桐がドスケベ催眠術を使うには、真昼間《まひるま》が練り出した答えである必要があったから。

方向性が間違っていないと肯定したり、『俺』という仮のゴールを設定させてその差異を考えさせたりと、答えやすい問いの形をとったのもそのため。

なので真昼間の言った『自信』とやらが本当に必要なものだったかどうかは知らない。

まあ片桐に仲間と思われるため、仕事にちゃんと協力している姿勢を示すのに必要だったのだから、仕方がない。ペテン師というのはあながち間違いではないかもしれないな。

「偶然、俺の経験が参考になっただけだろ」

そんな腹の内を話すつもりはないけれど。

「でも、まひるが納得できる結果を出した。サジは巨乳の取り扱いが上手いテクニシャンだ」

まったく褒められている気がしない。妙な属性を追加するな。

「まあ報酬の件とやらは、話せないなら別にいい。損をしたわけでもないしな」

大事なのは、片桐から仲間だと思われること。余計なことに首を突っ込む必要はない。女子だけが受ける保健体育の授業みたいなものだと思っておこう。

「代わりと言ってはなんだけど、ドスケベ催眠術師をしている理由なら、話してもいい」

「性欲じゃないのか？」

「違う」

ジロリと睨《にら》まれる。

ドスケベ催眠術師をする理由なんてそれ以外思い浮かばないだろ普通。

「私はドスケベ催眠術師に助けられて、育てられた」

助けられた。

ドスケベ催眠術師に。つまり、平助《へいすけ》に。

「だから私は、私を助けてくれたこの力で、いろんな人を助けたい。そしていつかは師匠を超えて、最高のドスケベ催眠術師になりたい」

なんとも立派な理由だ。だからこそ、思う。

ドスケベ催眠術師じゃなかったらカッコよかったのになぁ……。

そんな純粋な、キラキラした目で語る夢じゃないだろ。


それからすぐ、片桐《かたぎり》と別れて一人で歩く。

ぼんやりと今後の片桐との接し方をどうすべきか考えていた。

片桐真友《まとも》はエキセントリックで時折センシティブな発言もするが、思ったよりもマトモな人間だった。多分、俺よりもずっと。

ドスケベ催眠術師なんて名乗っているだけで分別もあるし、活動も思想も善良。

それは平助が教えたドスケベ催眠オブリージュに基づいたものだそうだ。

だからこそ、不思議だ。

「何が、平助を変えたんだ?」

山本《やまもと》平助はクズだ。妖怪ドスケベ事件なんて起こしたんだから、間違いない。頭のおかしい変態だ。

そもそも当時の平助は『ドスケベ催眠オブリージュ』なんて思想は持ち合わせていなかったはず。でなければ、都市伝説になるような変態的事案を引き起こすはずがない。

そんな男がどうしてドスケベ催眠術師らしからぬ、世間に媚《こ》びるような思想を持ち、人を助ける活動をするようになったのか。なぜそれを弟子に仕込んだのか。

わからない。

カンカンカン、と。

俺の疑問をかき消すように、踏切の甲高い音が聞こえてきた。それからガタンゴトンと電車が通り過ぎる轟音。車体に切り裂かれた冷たい風に叩きつけられて服や髪が揺れる。

それが去って静まった後、肌寒さに小さく震えた。

「今日は、暖かくして、早く寝るか」

体調を崩すのは避けたい。

過去のことより今の自分。

それを考えるほうが合理的だと、俺は余計な思考を止めた。

3章　るいるいはご機嫌ナナメ

二件目。とある人事管理職の場合。

「社内でパワハラ問題が起きまして、その対処をしているのですが、心労が酷《ひど》くて……」

「ドスケベ催眠四十八手――坦々淡々《たんたんたんたん》」

所要時間は移動含めて一時間。解除条件はパワハラに関する調査報告の終了。


三件目。とある漫画家の場合。

「描けない……。昔のようなやる気さえあれば……！」

「ドスケベ催眠四十八手――懐古回顧《かいこかいこ》」

所要時間は移動含めて一時間半。解除条件は作品の完成。


四件目。とある専業主婦の場合。

「最近旦那とセックスレスで、私に積極性があれば……」

「ドスケベ催眠四十八手――可憐経転《かれんべてん》」

所要時間は移動含めて三十分。解除条件は旦那との熱い夜。

真昼間《まひるま》の件以降、俺はいくつかのドスケベ催眠活動に同行していた。

それらを通して思ったことが三つほど。

一つ目。真昼間の件は比較的ややこしい内容だったということ。まあ、これはいい。

二つ目。ドスケベ催眠活動に俺がいる必要がないこと。せいぜい片桐《かたぎり》の話し相手になるぐらい。これで片桐は、俺を仲間だと思えるのだろうか？

三つ目。ドスケベ催眠活動という名に反して、ドスケベな事態は何一つ起きていない。本当に、真面目に、立派に、人助けをしている。

＊

片桐との契約締結からしばらく経ち、五月も終盤。

ここ数日で気温は上がり、ブレザーを着ない生徒もちらほら。道中で見かける草木も緑を増し、春の終わりが近づいていた。

そんな季節の移り変わりと同様に、人間関係にも変化が。

「真友《まとも》ちゃん、おはようございますですのー」

朝の教室で、優雅な空気を振りまく派手な女生徒が俺の横を通り、片桐に話しかける。

縦ロールの髪と優雅でエレガントな口調という特徴から皆にお嬢と呼ばれる女子だ。同じクラスだが名前は覚えていない。

片桐《かたぎり》とは趣味が合うらしく、仲良さそうに話しているのをしばしば見かける。

「この間話したマンガを持ってきましたわ」

「何だっけ？」

「『マジリチ』の新刊ですわ」

「感謝」

「魔法成人男性プアーマンがヤベーですの」

「今度、お返しに何か持ってくる」

「ありがとうございますですわ」

それからもやんややんやと親しそうなやり取りが繰り広げられる。余談だが、『マジリチ』とは『魔法少女リッチ～マジカル・ファビュラス・スクランブル～』というマンガの略称だ。若い女性を中心に流行しているのだと、以前大将が教えてくれた。

そこへ、また別の女子がやってくる。

「ねね、お嬢、片桐さん。マジリチ新刊読み終わったら、あたしにも貸してくれない？」

今度はギャル系の派手さを纏《まと》う女子だった。

明るく染められた、ウェーブのかかる長髪。

小学生でも通じそうな童顔に、カラコンとマスカラで大きく見える切れ長の目。

小柄ながらも肉付きの良い体に着崩したカーディガン。

名前は確か、高麗川類《こまがわるい》。

人当たりが良くて誰にでも分け隔てなく接する人気者であり、男子内ではその外見的特徴からロリギャルかデカいメスガキかという謎の論争を引き起こしていると、大将が以前どこかで言っていた。

個人的には、色白でつるつるの肌や身長の割に胸が大きかったのが印象に強い。片桐転入初日の狂乱全裸祭にて、不可抗力ながら裸を見てしまったのだ。すまないとは思っている。

「マカのロンでOKですわー」

頼んできた高麗川に、お嬢が快諾。そしてなぜか片桐がショックを受けたような顔を浮かべる。おそらく自分が言いたかったのだろう、マカのロン。

「ありがとー、マジ助かるー」

喜々とした笑顔で合掌して高麗川がお嬢に感謝する。

「どういたしまして」

「真友《まとも》ちゃんがそれを言うのは筋違いですわー」

こんな感じでパッと話せるくらいには転校生補正が薄まり、クラスによく馴染んでいた。ペアやグループを作るときに相手に困ることはないし、放課後に遊びの誘いを受けることもしばしば。基本的に一人だが、誰からもほっとかれないような、そんな立ち位置だ。

なのに内心ではクラスメイトらを肉人形と思っているのだから、恐ろしい話である。

ちなみにドスケベ催眠術師であることは、クラスだと俺しか知らない。どんな印象を持たれるのかは把握しているので、契約の三条に基づいて言わないようにしているらしい。作ってよかった契約書。

そんなこともあってか、学内で俺と話すことはほとんどなく、ドスケベ催眠活動に必要なやり取りは登校時かメッセージのみとなっている。いや、それでも十分多いのだが。

と、ここで俺の考えを見透かしたかのように、ちょうど片桐《かたぎり》からメッセージが届いた。

『思い出したけど、今日、活動する。放課後、急いで屋上に来て』

随分と急な話だ。俺に用事が入っていたらどうするんだ。

『もしも仮に万が一いやしくもよしんば用事があったなら調整するから教えて』

俺の用事がないことへの自信がすごい。

まあ、実際ないのだが。

*

放課後。

指示に従って以前と同じく防災倉庫の屋上を訪れると、片桐は以前昼食をとった段差に腰かけてスマホをいじっていた。

「悪い、待たせた」

「遅い。急いでって言ったのに」

「ホームルームが終わってすぐに来たんだが」

「ホームルームとドスケベ催眠術、どっちが大事なの？」

「ホームルームだよ」

迷うまでもない二択だった。

「サジにはドスケベ催眠活動に対する熱意が足りない」

眉を寄せて片桐が不機嫌を示す。

とはいえこれが最速だ。催眠術で周囲の認識を歪めて事前に抜け出すなんて芸当、普通の人間にはできることじゃない。そもそも熱意なんてないし。

怒る時間よりもドスケベ催眠活動が大事と判断したのだろう、片桐は軽く咳払いをしてから本題に入った。

「今回の依頼人はここの生徒。この後ここで落ち合う予定」

そうきたか。メッセージの時点で変だとは思っていたのだ。

というのも利害の一致により、最初の打ち合わせ以外、ドスケベ催眠活動はすべて学外で行われていたから。

「あと数分で依頼人が──」

ギイ。片桐《かたぎり》の言葉を遮《さえぎ》るように、扉の開く音がした。

「──もう来たみたい」

俺たちのいる場所からだと誰が来たのかは見えないが、傾いた夕陽によって生まれた長い影は確認できる。

「……誰か、いますかー？」

ホラーゲームをしているようにおっかなびっくりで、どこかで聞いたことのある声だった。

「こっち」

片桐が声をかけると、影の根元がゆっくりとこちらへと近づいてくる。

ほどなく塔屋の陰から、恐る恐るとその人物が現れた。

俺はそいつを知っていた。

「片桐さんと、サジ君？」

同じクラスの高麗川類《こまがわるい》だった。

ここに俺たちがいることへ困惑しているように見えたのか、片桐は淡々と告げた。

「待ってた、類」

「待ってたって、それってどういう」

「この度はドスケベ催眠術師への仕事依頼、感謝する。改めて自己紹介。私は片桐真友《まとも》。二代目ドスケベ催眠術師。いえい」

無表情の顔の横にダブルピースを作ってちょきちょき。かわいい。

というか、今回の依頼人こいつか。まさか知ってる人が依頼をしてくることがあるとは。

……まあ、ありえない話じゃないか。

俺も何か言ったほうがいいかと迷っていると、

「え、あ、わ、チョ、チョット待って？」

驚きのあまりか、高麗川が露骨に動揺し始めた。

無理もないだろう。同じクラスの友人と思っていた相手がドスケベ催眠術師といういかがわしい存在だったのだから。

やがて高麗川は絞り出すように、

「片桐さんがドスケベ催眠術師って、え、マジ、なん、リアリー!?」

口をパクパクさせながら、その問いを投げかけた。

「イエス。アイアムスーパーハイパードスケベ催眠術師」

催眠術師のところは英語で言わないのか。よく考えればドスケベも日本語だった。

「その、サジ君がドスケベ催眠術師で片桐さんに言わせてるとかじゃなくて？」

「どうしてそうなる」

不愉快極まる勘違いだ。失礼にも程があるだろ。

「俺はまあ、こいつの協力者みたいな感じだ」

「そう。サジはこれでもドスケベ催眠術師じゃない」

こいつも大概失礼ではある。

「ウソでしょ……、いや、片桐《かたぎり》さんがドスケベ催眠術師だなんて、そんな、そんなことって」

そうしてあわあわと動揺の止まらない高麗川《こまがわ》を、キンという音が遮《さえぎ》った。

「ドスケベ催眠四十八手——坦々淡々《たんたんたんたん》」

ビリビリと肌がしびれる感覚、ドスケベ催眠術だ。

坦々淡々《たんたんたんたん》。以前、某企業の人事管理職にかけていたのを覚えている。

その効果は、あらゆる事項を淡々と事務的に対応できるようになるというもの。どんな辛《つら》い状況に陥っても、驚くべき事態を前にしても、粛々と受け入れ、落ち着いて対処できるようになる優れた技だ。

「今回の解除条件は、私の柏手」

俺に解除条件を告げてから、片桐は高麗川に語りかける。

「類《るい》、もう一度言う。ドスケベ催眠術師は私」

「うん、納得した」

高麗川は感情に乱れのない落ち着いた声色で小さく頷《うなず》く。先ほどのような動揺を見せることはなく、ドスケベ催眠術がしっかりと効いていた。

「そしてサジはその協力者。ビジネスパートナー。このドスケベ催眠術師と関係のありそうな顔を見ればわかるはず」

「うん、納得した」

「……」

「サジ、『どんな顔だ』とはツッコまないの？」

「気にせず続けてくれ」

残念ながら、顔については遺伝子的に認めざるを得なかった。畜生。

「じゃあ、わからせたところで」

パンと片桐が手を叩く。

「え、あれ、あたし」

条件を満たしたことで催眠術が解け、正気に戻ったらしい。

「類、私がドスケベ催眠術師だって、わかった？」

「今更何言ってんの？」

先ほどまでの態度はどこへやら。高麗川はまるで当たり前のことのように言う。

「……なんであたし、片桐さんがドスケベ催眠術師だって信じてるの!?」

しかし今度は、片桐がドスケベ催眠術師だと認めている自分自身に動揺し始めるのだった。

気を取り直すと、片桐《かたぎり》の横に腰かけた高麗川《こまがわ》は神妙な口調でドスケベ催眠術師への相談を語り始めた。

「あたしさ、仲直りしたい人がいるんだ」

少し意外だ。

明るく誰とでも仲良くできるタイプの高麗川からすれば、ドスケベ催眠術に頼るまでもないことに思えるのだが。

「昔に喧嘩《けんか》別れをした相手で、その……最近再会したんだけど」

人と仲違いした過去を話しているからか、その口調はどこか遠慮気味だった。

「でも、ずっとシカトされちゃってるというか」

「まったく、その相手はとんだひねくれもの」

「それはどうかな!? ……むしろ覚えてくれてない感じというか」

「その相手はポンコツ。きっと頭が緩《ゆる》い」

「そんなことないと思うけど!? ……ほら、頭からすっぽり抜けちゃうことってあると思うの」

呆れたように言う片桐と、あたふたと必死にフォローをする高麗川。何だこの構図。

「で、具体的にはどんなドスケベ催眠術をご所望?」

「普通に仲直りしたいだけなんだけど」

「それは難しい」

「え、どうして？　相手に催眠術をかければ――」

「催眠術じゃない。ドスケベ催眠術」

そこ大事か？

「……ドスケベ催眠術をかければ、即解決みたいにはならないの？」

「それは無理。私は依頼人にしか、つまりは類《るい》にしかドスケベ催眠術をかけない」

片桐はこの辺りの線引きをしっかりとしていた。

依頼人以外に催眠術をかけるのをＯＫにしてしまったら、悪用の危険があるためだ。それこそ『気に入らない相手を酷《ひど》い目に遭《あ》わせろ』みたいな依頼だって成立してしまう。それはドスケベ催眠術師として望むところではないらしい。

「つまり、確実に自己啓発させてくれる、って感じ？」

「そう捉えてくれて構わない」

片桐が肯定する。

「なんていうか、常識的なんだね。……ドスケベ催眠術師なのに」

「当然のこと。ドスケベ催眠術師は法令順守《コンプラ》意識が高い」

高いわけあるか。

「逆に聞くけど、類はドスケベ催眠術で意識を操作された相手と仲良くできて嬉《うれ》しいの？」

「うっ、確かに嬉しくないかも」

痛いところを突かれたように視線を逸らす高麗川《こまがわ》。

「だから、類《るい》がどうなりたいかをちゃんと教えてほしい」

「……あの話ってこういう理屈かぁ」

意味深なことを小さくぼやいた後、何秒かむむーっと考えてから、

「それじゃあ、その、仲直りをする度胸というか、素直に謝る勇気が欲しい、みたいな？」

こちらの反応を伺うように、やや緊張しながら高麗川が要望を告げた。

「要望が決まっているならモーマンタイ。早速ドスケベ催眠術をかける」

「場所はどうするんだ？　あれ、眠るだろ？」

「保健室を使う。この後、類の家まで行ってもいいけど」

「あれ、ちょ、ちょっと待って!?　待った!?　異議あり!!」

とんとん拍子に進む話に制止がかかる。もちろん高麗川だ。何やら焦った様子。

「他にも要望がある？　え、胸を小さくしたい？　わかった」

「わかるなわかるな。高麗川はそんなこと言っていない。それはお前の僻《ひが》みだろ」

「僻んでない」

というか、ドスケベ催眠術でどうやって体の形を変えるつもりだ。

そうして言い争う俺たちに、高麗川は呆れたように、

「……二人は仲良いんだね。なんか楽しそうだし」

「仲良く見えるって。わー、やったね」

やったね感のない淡々とした口調。そんな事務的な『やったね』ある？

「それで高麗川。何が異議ありなんだ？」

「なんか、話が噛み合ってなくない？」

腕を組み、ムスッと高麗川がうなる。

「曖昧だな」

「サジ君にはカンケーないし」

不機嫌そうに眉を寄せて睨《にら》まれる。こいつ、なんか俺に当たり強くない？

「ていうかさ、あたしにしかその催眠……、ドスケベ催眠術をかけないってことは、仲直り成功の保証はないってことだよね？」

「成功するかは類次第。私たちがするのは、類にドスケベ催眠術をかけるところまで。そしてその内容も類に合わせる」

確認するように尋ねる高麗川に、片桐《かたぎり》は当然と言わんばかりに返答する。

「じゃあ、もしもさっきの内容でドスケベ催眠術をかけられたら私はどうなる感じ？」

「勇気や度胸を得ることになるから、すぐに仲直りを実行しようとするか、仲直りの準備に取りかかると思う。そして成功にしても失敗にしても、結果が出たところで解けることになる」

「むむむむ」

ドスケベ催眠術をかけられてもうまくいくとは限らない。

その事実を突きつけられた高麗川《こまがわ》が腕を組んで十秒ほど考え込む。

やがて、

「あのさ、ドスケベ催眠術をしてもらうのはまた今度でもいい？　その、お願いしたい内容とか、もう一回ちゃんと考えたいからさ。仲直りの成功率を上げるために準備もしたいし」

「モチのロンで構わない。考えがまとまったら、連絡して」

こうしてこの日は依頼内容を聞くだけとなった。

どうにかならないかと俺もいろいろと考えてみたが、真昼間《まひるま》のときのような考えは浮かんでこず、それしか選択肢はなさそうだ。

ところで、俺は一つ勘違いをしていたらしい。

「ねえねえサジ君、この後ちょっといい？　頼みたいことがあるんだけど、ダメかな？」

先ほどまで俺に向けていた厳しい態度はどこへやら、急にニコリと笑って尋ねてきた。露骨に怪しいんだが。

「後輩ＪＫに続いて巨乳にモテモテ。そういうフェロモンでも出してる？」

片桐《かたぎり》がいつも以上のジト目を向けてくる。

「人に巨乳特攻スキルをつけるな」

「そもそも好きとか言ってないし。ホントに全然そういうのないから、マジでやめて」

嫌そうな顔で高麗川《こまがわ》が拒絶を示す。しかし直後に表情を変えて、

「それで、どうかなサジ君？」

またもニッコニッコして尋ねてきた。こいつ、表情筋が強すぎる。

「帰りたい」

「ダメ。付き合うように。依頼人の要望」

「片桐《かたぎり》さんもこう言ってるし、いいよね？」

……契約のことを思えば、ここは従ったほうが得策か。

「はぁ、わかった」

ため息とともに了承する。

どうやら依頼内容を聞くだけでは終わらず、俺には第二ラウンドが待っているらしい。

なお、時間外手当は出ない模様。法令順守《コンプラ》意識はどこに行ったんだ。


高麗川に連れられ、俺は教室棟最上階角にある視聴覚準備室を訪れていた。

一言で表すと、そこは物置部屋だった。元は普通の教室と同じ広さの部屋なのだろうが、ビデオテープやＤＶＤが詰められたラックが人一人通れる程度の隙間を残してずらりと並ぶため、かなり狭く感じる。やや埃《ほこり》っぽく、日差しによる劣化を防ぐために窓が厚手のカーテンで

覆われているのも物置感を高めている要因だろう。

ラックの間を通り抜けると、窓際にちょっとしたスペースがあった。長机を挟んで向かい合うようにいくつかのパイプ椅子が置かれ、複数人で何かしらの活動をしているのがうかがえる。

「ここは？」

「部室。あ、適当に座ってー？」

高麗川がパイプ椅子の一つに座り、長机で頬杖《ほおづえ》をつく。俺も長机を挟んで置かれたパイプ椅子の一つを彼女の正面に持ってくると、そこへ腰かけた。

「部室って、何部だ？」

「最新メディアコミュニケーション研究部。略してメディ研。ちなみに部長はあたしね」

「何をする部活なんだ？」

聞いたことのない部名だったので尋ねてみると、

「最新のメディアのコミュニケーションを研究する部活、かな」

そのまんまだった。恋愛シミュレーションゲームを恋愛のシミュレーションをするゲームと表すレベルで安直な説明だ。部長がそれでいいのか。結局、何をするのか全く分からないし。

まあ、今は関係ないのでスルーしよう。

「他の部員は？」

出っぱなしのパイプ椅子の数からして、部員はそう多くないはずだが。

「今日は休みだから誰も来ないよ。まあ、部員自体あたし含めて二人しかいないんだけどね」

この学校で部活として認められるには部員が五人以上必要なはずだが。それに部員が他に一人というのも妙な話だ。この陽キャがちゃんと人を集めれば、最低限の人数確保ぐらいはできそうなものだが。まあ、これも今は関係ないのでスルーだ。

「それで、話ってのは何だ？」

尋ねると、高麗川《こまがわ》がどこか言いづらそうに口を開く。

「さっきの依頼で言えなかったことがあったから、それを言いたくって」

「言えなかったこと？」

問い返すと、高麗川は視線をカーテンのほうへ泳がせて、やや躊躇《ためら》いがちに、

「あたしの仲直りしたい相手、マトモなんだよね」

「常識的な人物ってことか？」

「それ天然？　それともおちょくってる？」

「ならマトモっていうのは」

「そんなの、片桐真友《かたぎりまとも》に決まってるじゃん」

「驚いた」

「いやいや、驚いてなくない？　リアクション薄すぎじゃない？」

「驚いたと言っただろ」

「いやいやいやいや、機械のロボットみたいな顔してるからね？」

「それもうただのロボットだろ」

俺の人間要素はどこに行ったんだ。おそらくは機械のような人間とかロボットみたいに反応が薄いとか言いたかったのだろうけど。

ともあれ今の話で、高麗川の反応や行動にも合点がいく。

仲直りの話をするのが気まずそうだったのも、仲直り相手のことを必死にフォローしたのも、相談相手がその仲直り相手だったから。

最近再会したというのは、片桐が転校してきたということ。俺に対して厳しい態度だったのは、片桐とラフに話せているからその嫉妬といったところだろう。

「ていうかさ、仲直りする勇気が出ないからヘルプを求めた相手——しかもドスケベ催眠術師が仲直りしたい相手ってどんな確率？　あたし不運すぎない？」

「そういうこともあるだろ」

「ないよ！　昔の友達がドスケベ催眠術師になっていることなんて滅多にないよ！」

それは言えてる。

「屋上で真友を見たたとき、もうめちゃくちゃ驚いたんだからね。驚きすぎて目ん玉飛び出るんじゃないかって思ったたし、それに……」

愚痴りたい気分や今の心情を誰かにぶつけたいのはわからなくもない。それをぶつけられる相手が俺しかいないというのも、まあわかる。

が、それに付き合わされる気はない。時間の無駄だ。

「用件は、愚痴を聞かせることでいいのか？」

こういう時はさっさと話を進めるに限る。

「それは違うけどさあ……、ちょっとぐらい、付き合ってくれてもいいじゃん」

「……」

高麗川《こまがわ》の訴えに、沈黙で返す。

「う、怖い顔しないでよ」

無言の俺に威圧感を覚えたのか、高麗川がたじろいだ。なお『怖い顔』と言われたが、実際はただ黙っていただけ。ナチュラルに顔が怖いと言われただけだった。悲しい。

やがて俺に愚痴るのは諦めたのか、高麗川が本題を話し始めた。

「さっきも言ったとおり、あたしは真友《まとも》と仲直りしたいの。それでサジ君には仲立ちしてほしいなって思って呼び出したってわけ」

「なかだち。仲立ち。橋渡し役か」

「そういうことなんだけど、どうかな？　……ダメ、かな？」

捨てられた子犬みたいに、うるうるとした目を向けてくる。

何と言うか、自分が一番良く見える角度をわかっている感じだ。あざとい。さすが高麗川、略してさすこま。

だからと言って無理な要望を聞き入れることはないが。

とはいえ断るのも早計だ。

「もう少し詳細を教えてくれないか」

「詳細って例えば？」

指を顎《あご》に当てて、いったん思案。

仮にこいつが片桐《かたぎり》と仲直りしたいというのなら、一つ大きな疑問がある。

「まず聞きたいんだが、仲直りと言いながら、そもそも認識されてなかったように見えたが」

それどころか相手のことをひねくれものとかポンコツとか頭が緩《ゆる》いとか言っていた。特大ブーメランじゃねえか。

「だから保留にして、こうしてサジ君を呼び出したんでしょ」

高麗川がムスッとした表情で深くため息。

「要するに現状、高麗川は『仲直りはしたいが、過去のことに全く触れられないから切り出しにくい』状況ってわけだな」

「それ！　まさにそれ！」

謝ったところでスルーされるのが察せる状態で片桐本人に催眠術をかけてもらうというのは、確かに躊躇《ためら》いがあるだろう。

となると、次の疑問だ。

「片桐《かたぎり》とは、どんな喧嘩《けんか》をしたんだ？」

どうすれば全く触れられないような状況になるのだろうか。

「あー、それは喧嘩というかー」

言いにくそうな雰囲気。時間の無駄の気配。

「帰らせてもらう」

「話す！　話すから待ってってば！」

帰り支度を止めた俺を見て安堵《あんど》のため息。すぐ帰りたがるじゃんとぼやいた後、やや暗いトーンで話を続ける。

「あの子の親、宗教にはまっててさ」

「宗教？」

「ちょっとヤバい感じのヤツ。あたしも最初は真友《まとも》と普通に友達だった……と思うんだけど、それを知ってからは関わると危ないからってみんなで避けるようになっちゃって。気がついたらそれがエスカレートして、悪口言ったり、転ばせたり、水かけたり。まあ、そんな感じ」

それは教師や保護者等の大人に見つからないように行われていたそうだ。片桐も今と変わらず物静かなタイプだったため、彼女が助けを求めることもなかったらしい。

「それ、喧嘩じゃなくていじめだろ」

「しょ、しょうがないじゃん、小学生のときの話なんだし。それにあたしがいじめたわけじゃなくて、周りの雰囲気に逆らえなくて、助けようとしたら次はあたしが標的になりそうで、どうしようもなくて、見て見ぬふりというか……」

高麗川《こまがわ》が視線を逸らしてあたふたもにょもにょと弁明する。

「言い訳は聞いていないしどうでもいい。片桐と何があったかだけ話せ」

「……」

無言で恨めしそうな目を向けた後、高麗川はやや不機嫌な口調で話を続けた。

「五年生ぐらいから学校に来なくなって、学年が変わるときだったか学期が変わるときだったかに、転校していなくなっちゃったの。で、次に会ったのがこの前転入してきたときってわけ」

「それで高麗川は当時のことを思い出して、仲直りしようと思った、ということか」

「そういうこと。まあ、ご覧の有り様だけど」

正直なところ、放っておいてやればいいのに、と思う。

俺が片桐の立場なら、昔いじめを見て見ぬふりしていたヤツとは関わりたくない。嫌なことは思い出させないようにしてほしい。

とはいえ、俺の心情はこの際どうでもいい。

これは悪くない話だ。

仮に高麗川の話が本当なら、その当時の片桐はまだ催眠術を使えなかったはずだ。もしも使えていたら、いじめの被害者になることはなかっただろうし。

つまり幼少の片桐《かたぎり》は人を肉人形ではなく、ちゃんと人だと思えていた。

そして高麗川《こまがわ》と片桐は友人関係にあった。

今でこそドスケベ催眠術の影響で大衆を肉人形としか思えない片桐だが、高麗川との仲直りで当時の気持ちを思い出すことで、『仲間』の要件を満たせるかもしれない――というのは都合が良すぎかもしれないが、心境に変化は生じるかもしれない。

ならば、俺がするべき回答は、

「わかった。片桐との仲直り、手伝おう」

「え、ホント？　超意外なんだけど！」

驚きのあまり、机に手をついてバッと立ち上がる高麗川。

「あぁ、お前の考えには共感できる」

「サジ君、人の心があったんだ」

俺を何だと思っているんだ。先ほども超意外とか言っていたし、存外失礼だなこいつ。

実際、今の高麗川と同じような状況だったとしたら、俺も仲直りを試みるだろう。

「片桐がその出来事を吹聴《ふいちょう》して自分の立場が脅かされる前に危険の芽を摘み取りたい。つまりは懐柔《かいじゅう》したいというお前の気持ちはよくわかる。リスクヘッジだな」

「全然そんなこと考えてないけど!?　ていうかそれがよくわかっちゃうんだ……」

呆れるように高麗川が肩を落とす。

「……でもまあいいか。理由はどうあれ、力を貸してくれるのは助かるし」

「たいしたことはできないだろうが」

「ううん、それでも助かる。ありがとね！」

急なことだった。

高麗川が笑顔で俺の手を取り、ぶんぶんと上下に振る。それに合わせて羽織ったカーディガンや胸がふるふると揺れた。

密閉密集密接お構いなしどころか、こちらのパーソナルスペースもぶち抜き、突然手を握ってくる距離感。これが陽キャ……！

「急に手を握るな」

「あぁ、ごめんごめん。サジ君、そういうの苦手っぽいもんね」

たははと笑いながら、パッと手が離される。

「それじゃあこれからあたし高麗川類《るい》と片桐真友《まとも》の仲直り大作戦を――」

途中で何かに気づいたように「はっ」と声を出し、ふふんとドヤ顔を浮かべて言い直した。

「略して『類友作戦』、やるよ！」

類友だと意味違っちゃうだろ。

＊

そうして始まった類友作戦。

具体的なプランは追って連絡が入るそうだが、まずはあることを聞き出すようにと、俺は高《こ》麗川《まがわ》から指示を受けていた。そのあることとは、

「片桐《かたぎり》は高麗川の何が嫌いなんだ？」

正確には、不仲の理由を探れ、というもの。

これには俺も賛成だった。問題を解決するには、根本的な原因を見つけないことには始まらないからだ。

そんなわけで翌朝の登校中、単刀直入に尋ねてみたのだが、

「突然何？」

急な質問に訝《いぶか》る片桐。想定内の反応だ。

「昨日の態度が刺々《とげとげ》しい感じだったから気になっただけだ」

「嫌いというほどじゃない」

「その言い方だと、何か思うところがありそうだが」

「まあ、いい印象は持っていないけど、よくわかったね」

いきなりビンゴ。正面から訊《き》いてみるものだな。

「あの胸が気に入らない。露骨に強調して自分をアピールする自己顕示欲の強さが疎《うと》ましい。肉欲まみれで卑しく爛《ただ》れた品のない雌豚《めすぶた》、といった印象を持っている」

良く思っていないのはわかったが、思っていたのとは違う話題が展開されていた。それにしても、自分は品があるみたいな言い方だ。貧乳だからか？　品乳だからか？

しかし聞きたいのはそういう話題じゃない。軌道修正するとしよう。

「胸以外には何かないのか？」

「私の見立てだけど類《るい》は性格が悪い、はず」

今度こそビンゴだ。性格が悪いというからには、それなりの根拠があるはず。深掘りすれば過去の因縁《いんねん》について思うところを聞けそうだ。

「どうしてそう思う？」

「胸の大きさと性格の悪さは比例する、統計的に」

トンデモ理論で軌道が再修正される。……こいつ、胸のことしか話題がないのか？

「どういう理屈だ」

「人をバカにする人間は性格が悪いというのには同意でＯＫ？」

「まあ、そうだな」

「胸が大きい女は自分より胸の小さい女を見下せるから、人をバカにする行為が胸の小さい女より多くできてしまう。つまり統計的に胸の大きい女は性格が悪いということになる」

なんて見事な屁理屈《へりくつ》だろう。

「そうとも限らないだろう。例えば、真昼間《まひるま》なんかは人を見下しそうにないだろ」

「私はマクロな話をしただけで、実例一つを持ち出されたところで意味はない。ミクロな話をすれば、良い巨乳もいるし悪い貧乳もいる」

「悪い貧乳」

「なぜ私を見る？　私は良い貧乳」

……。

「違う、私は貧乳じゃなくて一般的なサイズ」

「ふっ」

不覚にも俺は噴き出した。

「なぜ笑う？　今笑われるのはとても不愉快」

片桐《かたぎり》が不機嫌に頰を膨らませる。

「だがその理論なら、片桐は悪いほうだろ。何せ俺のことをいつも罵倒するじゃないか。ヌーディスト、不審者、えっちまん、天性の奴隷《どれい》、忠犬サジ公、社会の犬、社畜の才能、テクニシャン……あとなんだったかな」

「なんで覚えてるの？」

「裁判に備えて」

「うわぁ」

片桐がドン引きする。

会話を覚えておくぐらい普通だろう。それにしても俺、罵倒されすぎでは？

ここで、片桐が何かに気づいたようにハッとする。

「……つまり私は悪い巨乳だった？」

「自分がミクロなことを自覚しろ」

「私の胸はミクロじゃない。ちゃんとある」

「少数派の例外だと伝えたつもりなんだが」

「つまり私は、良い巨乳？」

どう考えても悪い貧乳なんだよなぁ。

「誰が悪い貧乳か」

「何も言ってないだろ」

「顔に書いてる、ていっ」

俺の考えを見透かしたかのように、片桐が俺のふくらはぎにローキック。全然痛くない。さすがのフィジカルの弱さである。

話を戻そう。

「とにかく統計的な話なら、高麗川《こまがわ》個人を指して性格が悪いというのは違うんじゃないか？」

「確かにそのとおり。だから、悪い『はず』」

なるほど、話はここに着地するのか。

「なら結局、高麗川《こまがわ》のことは僻《ひが》んでいるだけ、ということか？」

「別に僻んでいるわけじゃない。ただ、好きになれそうにないだけ」

「因縁《いんねん》的なものがあるわけじゃないのか？」

「因縁？　何のこと？」

悪い貧乳呼ばわり（してない）のせいで不機嫌そうだが、嘘を言っている様子はない。

ストレートに聞いても、話は引き出せないらしい。

ひとまず、その旨を報告しておこう。

スマホを取り出し、『本人は高麗川の容姿を僻んでいるだけらしい。過去の話には無反応』と高麗川に送信。

返信は早かった。『あの顔でそれはないでしょ』とのこと。見てるところが違うんだよなぁ。

続けて、『作戦考えてきた！』と連絡が入る。うーん、これは嫌な予感。


その日の昼休み。

「かーたぎーりさんっ！　一緒にランランランチしない？」

高麗川が軽い口調で片桐《かたぎり》に声をかける。昼食に誘っただけなのにランランランチというだけでワクワク感がすごい。

「いいよ」

片桐はドスケベ催眠術案件だと思ったのだろう。表情一つ変えずに首肯《しゅこう》して承諾。

流れで高麗川が隣席の俺にニコリとした顔を向けた。

「サジ君も一緒にどう？」

途端に教室中の視線が俺に集まった。何だこの空気、地獄か？

まあわからなくはない。クラスのかわいいどころ二人が一緒にご飯を食べようとしているから視線が集まるのは必至。そこに誘われる男がいたら、そりゃ目も向けられる。

逃げたいところだが、高麗川がバチコンバチコンとわかりやすいアイコンタクトを必死に飛ばしてきている。事前に決めていたアレをやれということだろう。

「わかった。片桐と、……るいるいがいいなら」

るいるい。高麗川に使うように言われた、彼女が幼いころの愛称だ。昔、片桐もそう呼んでいたらしい。まあ小学生のときの愛称なんてこんなもんだろう。

それを片桐に聞かせることで、当時の記憶を思い出させる魂胆だそうだ。

俺の心情はさておき、悪くない作戦だ。俺の心情はさておき。

「……るいるい？」

片桐が眉を寄せる。これは気づいたか？　こうかはばつぐんか？

「なるほど、類《るい》だからるいるい。あだ名で呼ぶなんて、随分と仲良くなった」

こうかがないようだ。相変わらず声色は淡々としている。

一方、教室はざわざわどよめく。その内容は主に俺と高麗川《こまがわ》の関係性について。

まあ邪推される自覚はある。

とりあえず、効果がないならるいるいはやめてもいいだろうか?


片桐《かたぎり》がドスケベ催眠術の話題と思い込んでいるため、場所を変えることになった。

やってきたのは視聴覚準備室の奥のスペース、もといメディ研部室。カーテンが巻かれて日差しが差し込んでいるので、昨日よりは物置感が薄れている。

席順は俺と片桐が並んで腰かけ、机を挟んで対面に高麗川。

「それで類、どんな用事?」

「二人と一緒にご飯を食べたくなっただけだよ?」

弁当を食べながらニコニコ笑顔で押し切ろうとするが、片桐は相変わらずの無表情。

「さては私をだしにして、サジに突撃ラブハートを仕掛けるつもり」

「それはないよー。こんなゆで卵しか食べてない人、絶対無理だし。うん、ありえない」

「わかる。サジの弁当を見ると、食欲が失せる」

「わかるなよ」

そんなにゆで卵弁当、ダメだろうか?

「じゃあ、なんでサジは類を愛称で?」

「流れだな」

「そう呼ばれてもいいかなって」

「R－18の香りがする」

「何もないってば。ありえないこと言わないでほしいんだけど」

「ならサジは童貞のままか」

「ちょ、変なこと言わないでってば。……まあ、わからなくはないけどさ」

「わかるなよ」

平静モードで茶化す片桐と感情豊かに否定し続ける高麗川。そしてなぜか傷を増やす俺。なんで君たち俺を罵倒するときだけ息ぴったりなの?

そうして女子二人が姦《かしま》しく嬲《なぶ》りトークをしているうちに全員が食事を終えた。

「一緒に食事をしたかっただけなら、それはそれで構わない。私も教室にいるよりはサジと一緒にいるほうが退屈しないから」

「ふーん。やっぱり仲良いよね」

「サジは特別」

納得がいかないのか、高麗川がジトーッと湿った視線を向けてくる。

なお特別は特別でも、特別な人扱いではなく特別に人扱いされているだけだ。訂正すると理由を聞かれそうなので言わないが。

「そういえばサジ君って片桐《かたぎり》さんと協力関係、なんだよね？」

「ああ」と俺は頷《うなず》く。

「それって、具体的には何してるの？」

「具体的に、か」

……俺、なんか役に立ったかな？　少なくとも真昼間《まひるま》の件以外はその場にいるだけで言葉を発しさえしなかったし。

と、俺が迷っている間に片桐が答えた。

「酸素を吸って二酸化炭素を出している」

「地球温暖化じゃん」

呼吸しているだけでそこまで言うか？　というか、してないやついないだろ。

「冗談はさて置くとして、オブザーバー的なこと。それなりに役立つ意見を出してくれる」

ある程度は評価してくれているらしい。少し意外だ。

「へえ……」

その回答に、少し思案げに頷いた高麗川《こまがわ》がここだと言わんばかりに食いついた。

「――意見を出すだけだったら、あたしも加われたりしないかな？」

事前に聞いていたので、驚きはなかった。

今朝、高麗川が提案してきた『作戦』、すなわち類友作戦の具体的なプランは二つ。

一つは呼び方の変更。理由は先述のとおり。なお失敗。

もう一つが、俺と片桐の契約、すなわち協力関係への参加。片桐と一緒の時間を増やすのが目的らしい。仲直りのきっかけを模索したり、罪滅ぼしができるとでも考えているのだろう。

「確かに人が増えれば、仕事のバリエーションは増えるかもな。るいるいの人付き合いの器用さは俺たちにないものだし」

一応、フォローはしておく。

実際、高麗川がいることによるメリットは否定できない。

……まあこの後、片桐がどう返すかは見えているのだが。

「のーさんきゅー」

やはりか。予想どおりの展開になった。

「類《るい》では私の仲間に不適格」

「不適格って、何か理由でもあるの？」

「私はドスケベ催眠術の効かない相手しか仲間と認められない。だから催眠術の効く人間を協力相手に迎えるつもりはない」

ドスケベ催眠術師の子が催眠術の効かない体質というのは、平助《へいすけ》の関係者しか知り得ないこと。だからこれは遠回しにドスケベ催眠術師の子と露見《ろけん》する行為ではないと判断し、見逃す。

「でも、さっきサジ君が言ったとおりでメリットもあるし」

「そこまで言うなら、テストする」

「テスト?」

きょとんと首を傾《かし》げる高麗川《こまがわ》に、片桐《かたぎり》が髪飾りをキンと鳴らし、

「ドスケベ催眠四十八手――白紙塗料《はくしとりよう》」

「っ!?」

突如、ドスケベ催眠術が放たれた。

証拠に、俺は口内に味覚の刺激を覚える。ゆで卵の後味ではあり得ない、強烈な苦味。催眠術への反発だ。

それをもろに受けた高麗川は目を虚《うつ》ろにして、そのまま意識を手放す。姿勢を保てず、倒れるように机にバタンと突っ伏した。

「テストは不合格、残念無念また放課後。覚えてないだろうけど」

眠った高麗川に、いつもの平淡な声がかけられた。

「覚えていないってどういうことだ?」

「白紙塗料《はくしとりよう》。対象の記憶を忘れさせる技。今回は数時間分の記憶を忘れさせた。解除条件はその間に起きた事実の指摘。何があったかを聞けば思い出す」

なお時間に限らず、特定の出来事だけを忘れさせることもできるそうだ。便利な技である。

「容赦ないな、お前」

「能力のない人に仲間になると言われても迷惑」

「身も蓋も血も涙もないな」

「そんなことはない。もしも今ので効果がなかったら、迎え入れるつもりだった」

ウソを言ったつもりはなかったらしい。合格するとは微塵《みじん》も思っていなかっただろうが。なにせ転校してきた初日の時点でわかっていたことだ。

「それよりもサジ、私は今、とてもムカムカしている。おこ。激おこ」

「気に障るようなことを言ったか？」

「仲間である私を差し置いて、どこの馬の骨とも知れない女をるいるい呼びとは何事？」

ムスッとふてくされたように片桐が言う。

「どこの馬の骨というかクラスメイトなんだが」

「思えば、片桐と呼ばれるのは他人行儀で距離を感じる。よくない、実によくない」

「そうか？」

「私たちは仲間だ、英語で言えば……」

律儀にスマホで検索をしてから、

「コンパニオン？」

「それは意味合いが違くないか?」

「バディ」

「それが適切だろうな」

「私はサジの唯一にして一番のバディ。つまり私はナイスバディ」

全然ナイスバディには見えない。まな板みたいな体形しておいてよく言う。

「他人を愛称で呼んでおきながら、私を苗字で呼ぶなんて、これでは私はサジのことを仲間とは思えない。もう契約違反と言っても過言ではない」

そうだろうか。

「事実、私はちょっとコンプレックスを覚えている。ナイスバディがコンプレックスを」

名前の呼び方、か。

「しかも私は恥ずかしさにも負けず、初対面からサジと名前で呼んでいる。これはもう不公平待ったなし」

「名前で呼んでたのか」

どっちも同じだから気づかなかった。というか気にしたことがなかった。

「とにかく私のことは、真友《まとも》でいい」

淡々と言う片桐《かたぎり》。

建設的な意見には違いない。親しい相手には親しさを示す呼称を使うものだ。解除条件の仲間というのが親しさを意味するなら、一定の効果は期待できるだろう。

うん、理由もしっかりしているし、納得できる。

「わかった、真友」

「ふへ」

不気味な笑い声。見ると、片桐が……真友が口元を緩《ゆる》めていた。

嬉《うれ》しそうだな、こいつ。珍しいものを見た。

「はっ」

自分でもニヤついていることに気づいたのか、頬が赤くなるまでパンパンと叩いてから、いつもの無表情に戻して、ごまかすように言う。

「さすがサジ。異性を名前で呼んでも平気とは、プレイボーイ。下半身生命体」

「言ったら言ったで扱いが酷《ひど》い」

「サジのことだから、嫌がるかと思った」

「必要性があれば、恥ずかしくてもするさ」

じゃなきゃ、るいるいなんて呼ばない。

というわけで、いつもの魔法の呪文を言っておく。

「名前呼びの規定、契約の附則に付け足しておくぞ」

「それはダメ」

「どうして？」

「私は気づいた。何でもかんでも契約だからというのは仲間っぽくない。レンタル彼女を本物の彼女と思えないようなもの」

「つまりお前の気の持ちよう次第だと思うが」

「そう、私の気の持ちよう。だから――」

「っ!?」

一瞬のことだった。

ネクタイが引っ張られ、互いの吐息がぶつかるほどの至近距離で睨《にら》まれる。

宝石のような目がすぐそこにあり、視線を逸らすことができない。

催眠術をかけられたわけでもないのに。

「――契約関係なく、普通に呼んでほしい」

「急にネクタイを引っ張るな。首が締まったら危ないだろ」

「全部契約に盛り込んだら、私たちはこれ以上の関係にならない。仲間には至らない」

知らねえよ。

こっちは契約でもなきゃ、ドスケベ催眠術師と関わりたくなんてないんだ。

そう言い返したいが、関係が悪化する発言は避けるべき。

ここは、折れるのが吉だ。

「わかった。なら契約関係なく、名前で呼ぶ。これでいいだろ？」

「それでいい」

真友《まとも》が安堵《あんど》したように小さくため息、ネクタイから手を離して俺を解放すると、

「ネクタイ引っ張ってごめん」

今度は乱れたネクタイを慣れない手つきで直し始めた。

「気にするな。自分で直せる」

と返したのだが、

「私が乱したから私が直す」

頑なに手を放さず、指を動かす。

「えぇと、これがこうなって、あれ」

「俺がやったほうが早い。時間の無駄だ」

「ダメ」

体を近づけてあーでもないこーでもないと悪戦苦闘。

首筋に髪がぴょこぴょこと当たってくすぐったい。早く終わってくれないだろうか。

そんなときだ。


「ネコミミモード、ねこみみもーど」

ガララと扉が開き、大柄な女子が何かを口ずさみながらメディ研部室に入ってきた。

そいつの頭には、ネコミミが載っていた。

このタイミングでモンスターみたいな来訪者である。

そいつはこちらを見るなり、戸惑ったように、

「あ、えっと、もしかして、ラブコメとか、してました？」

俺のネクタイを整えようとほぼ密着状態の真友《まとも》。

この光景だけ見たら、確かにそう解釈されてもおかしくない。

「ラブコメ……！」

「ぐきゃ!?」

突如立ち上がった真友の頭が、俺の顎《あご》にダイレクトアタック！

痛い。

そうして痛む顎を押さえる俺に追加で罵声。

「この赤子者《オギャリスト》！」

決闘者《デュエリスト》みたいに言うな。そもそもオギャッてないし、直すって言い出したのそっちだし。

「こここ、こんな部屋にいられるか。私は帰らせてもらう」

棒読みで盛大な死亡フラグを残すと、真友は逃げるようにメディ研部室を後にする。

……いや、ドスケベ催眠術で記憶を消せばよかっただけなんじゃ？

そう思うも時すでに遅し。

結果として残される俺と眠る高麗川《こまがわ》、そしてネコミミ女子。

視線は自然と部室に入ってきた人物に向く。

スラッと高い背丈に凹凸のはっきりとした良好なプロポーション、二つに束ねて下ろされたまっすぐの髪、それでいて大人びた美人顔。清楚なタイプで図書室にいそう。校章の色から一年生だとわかる。

ここにいるということは、以前高麗川が言っていた、二人しかいない部員のもう一人だろう。

「あ、あの、すいません、サジさん。私、なんかやっちゃいました？　……やっちゃいましたね、お邪魔でしたよね。ホント、空気読めなくてすいません」

「いや、気にしなくていい。ある種助かった」

引きつった表情で後輩女子が自嘲するのを宥《なだ》めつつ、俺はネクタイを整える。

続けて、気になっていたことを尋ねる。声には聞き覚えが、体形やネコミミに見覚えもあるのだが、別人の可能性もあるので念のための確認だ。

「それでお前は？　俺のことを知っているようだが」

「お、お、覚えてないんですか!?　私です、真昼間《まひるま》まひるですよぉ!?」

言いながら、そいつはヘアゴムを外して整えられていた髪をぐしゃぐしゃっと乱し、前髪で顔を覆うようにして、いい具合に目元を隠した。

するとあら不思議、そこには見覚えのあるデカい陰キャがいた。

メガネこそかけていないが、どうやら俺の知っている人物に違いなさそうだ。

真昼間《まひるま》まひる。

ドスケベ催眠活動で助けた、最初の依頼人だ。

「お前だったのか。久しぶりだな」

「はい、お久しぶりです。えっと、先日はお世話になりました」

柔らかく笑いながら、ぺこりと頭を下げてくる。

「陰キャオーラがなかったから別人の可能性を疑った。陰キャオーラがなかったから」

「に、二回も言った。私の印象、それだけだったんですか？　いやまあそうなんですけど、さすがにもうちょっと気づいてくれてもいいんじゃないですかね。見違えたということであればそれはそれで悪い気はしないですけどなんかサジさんや真友《まとも》さんに会ったときにどんな反応をしてもらえるか期待していた私がばかみたいじゃないですか結構頑張ったのに……」

視線を外し、髪を整えながら口先をとがらせ、何かをぶつぶつぼやく。後半は何を言っているのかよく聞き取れない。すねているのは伝わってくるが。

「まあ座れ」

「あ、はい。それはいいんですけど」

おずおずと躊躇《ためら》いながら、真昼間は聞いてくる。

「なぜ高麗川《こまがわ》先輩が眠る横で真友さんとサジさんは新婚プレイをしていたんですか？　あの、学校でそういうのをするのは、よくないと思います。というか二人って付き合って」

「それはない」


先ほどの光景が発生した経緯を説明する流れになったのだが、一つ問題が生じた。

それはドスケベ催眠術のことを知る真昼間であっても、高麗川の許可なく依頼内容をぺらぺら話すわけにいかないこと。守秘義務というやつだ。

結果として、

「詳細は話せないが、高麗川がアレで真友とアレしようとしたけど拒否されて、そのアレに触発された真友が俺にアレをしてネクタイをアレしたというアレだ」

指示語ばかりでなんとも要領を得ない弁明になった。

「なるほど、万事明察しました」

「助かる」

あの説明でわかるとは、なんて理解力の高さだ。

「つまり高麗川先輩は百合の方だったんですね……」

真昼間が憐れむような目で、自身の隣に眠る高麗川を見る。

全然わかってなかった。何が万事明察だったんだ……。

「それで真友《まとも》さんに迫ったけど、真友さんはノンケだったから拒否して、それを見せつけるためサジさんに新婚イチャイチャプレイを仕掛けて、唐突なＮＴＲで高麗川《こまがわ》先輩は脳が破壊されて意識を失った、ということですね」

なんという誤解力。これは万事迷察。

本当は正さなければいけないのだろうが、

「……俺から明言はできないが、その辺りの解釈は任せる」

面倒なので説明を放棄し、逃げるように話題を逸らすことに。

「それよりも真昼間《まひるま》、ちゃんと登校できるようになったんだな」

ドスケベ催眠活動の依頼人は、自分がどんなドスケベ催眠術をかけられたかを自覚している。真友曰《いわ》く、必要な措置らしい。

「はい、立派にソロモンやってます」

「ソロモン……？」

イスラエルの王様かな？

「孤独の怪物《ソロモンスター》の略です。ぼっちだと弱そうなので、かっこよく英語にしてみました」

「ソロはイタリア語だが」

「横文字にしました」

ダイナミックに顔をそむける真昼間《まひるま》。

言っていることは誠に残念でイタイが、

「まあ、楽しそうなら何よりだ」

本人が納得しているのだ、外野が口を挟むことじゃないだろう。続けろと言ったの俺だし。

ところで、こいつは俺がドスケベ催眠術師の子だと知っている。

本来ならばリスクを放置しておくべきではないが——。

「というか、どうして復帰早々、この謎部活に?」

「コミュ力を身に付けるため、ですね」

コミュ力。コミュニケーション能力。

現代を生きるものにとって必要なスキルだ。

「この部活ならそれが身に付くと?」

「はい。何せ最新のメディアのコミュニケーションを研究する部活ですから」

どうやら部員もその認識らしい。

「ちなみにどんな活動をしているんだ?」

「今のところ、ゲームしたりSNSをしたりしています」

「……なるほど」

これはロクな活動をしていないな。

「あ、でもコミュ力も身に付きますよ。その、高麗川《こまがわ》先輩がいますから」

「どういう理屈だ？」

俺の問いに、真昼間がふふんと得意げに答える。

「コミュニケーション能力を身に付けるには、それを持つ人の言動を真似するのが効果的だと思うんです」

英会話の練習で外国人を真似するように、絵の練習で模写をするように。何事もうまくなるにはできる人を模倣するのが効率的だ。

「ですが残念ながら、陰キャコミュ障の私では陽キャ複数を相手にすると、急性陽キャ中毒で死にます」

そんな中毒はない。おそらくは固まって何も言えなくなる、と言いたいのだろう。

「そこで、コミュ力の高い人が一人になった瞬間を狙おうと思ったわけです」

「暗殺者かよ」

しかしその目的なら確かにメディ研は適しているのだろう。

部員は真昼間を除けば高麗川だけなわけだし。

と、そこでまたしても妙に思う。つまり真昼間が来るまで高麗川は一人でこの部にいたことになる。わざわざ首を突っ込むことではないので深く聞いたりはしないが。さておき、

「安全安心にお話上手のギャルと交流できる場所、それがメディ研なのです」

こいつはこの部活をいかがわしいお店みたく認識しているようだ。

何にしても頑張っているらしい。

しかし、釘《くぎ》は刺しておこう。

「で、交流としてドスケベ催眠術師のことも話した、と」

「あ、いや、その、えーと、あわ、あわわわ」

真昼間《まひるま》が口を開けてきょろきょろと視線を泳がし顔面を崩壊させる。

ビンゴだ。高麗川《こまがわ》がドスケベ催眠術師の話を聞いたのはこいつらしい。

「不登校から立ち直れた理由を聞かれて、つい。でもでも、ドスケベ催眠術師の子の、サジさんのことは話していないですよ？　あくまでドスケベ催眠術師がすごいと話しただけなので」

「確かに悪いことにはなっていないが」

事実、高麗川はその評判を受けてドスケベ催眠術師へ連絡を入れた。真友《まとも》が俺を仲間と思うには多くのドスケベ催眠活動をする必要があるので、一応はプラスに働いている。

まあこいつの吹聴《ふいちょう》が原因で俺に被害が出るようなことがあれば、契約を理由に、真友にどうにかしてもらえばいい。真昼間に俺の素性を知らせたのはあいつだしな。とはいえ——。

「少なくとも、学校でその話をするのは控えてくれ。ドスケベ催眠術師の子だと知られて嫌な思いをしたと話しただろう」

「す、すいません、以後気をつけます」

――真昼間がドスケベ催眠術師の子の話を吹聴することはないだろう。

ドスケベ催眠術師に対して悪い印象を持っていないのもそうだが、とりわけ安心できる根拠がある。

「まあ、他に話す人なんていないんですけど。ソロモンなので」

つまりは、そういうことだ。


真昼間と話すことしばらく。

「ん、んぅ？　……んー」

高麗川が目を覚ました。

ぼやけた声を漏らしながら、体を起こして目をこする。腕を上げて体をぐっと伸ばすと、服が引っ張られて胸の部分が段差となって強調された。

それから周囲をきょろきょろと見渡し、スマホをボーッと眺めてから、

「あれ、サジ君？　なんで部室いんの？　てかなんであたし寝てた？」

ドスケベ催眠術により記憶が抜け落ちているためか、高麗川が戸惑いながら聞いてくる。

「あ、おはようございます、高麗川先輩」

「あれ、マッピー来てたんだ？　おはよー」

高麗川が横にいる真昼間に眠そうにふにゃりと挨拶。

「ひっ、あ、来てました」

それを受けた真昼間《まひるま》はシュバッと移動し、怯えたように俺の背にササッと隠れた。

絶賛人見知り中で、この部に入った成果はまだ出ていないらしい。ところで俺のことは平気のようだが、電柱とでも思っているのだろうか？

「マッピーってなんだ？」

「あ、あだ名です。真昼間で、マッピー」

地図アプリにありそうなネーミングだ。

全然関係ないけど、背後で囁くように言うのはやめてほしい。死角から声をかけられると単純にびくりとする。それを言ってダウナーになられても面倒だから言わないが。

「二人って知り合い？」

ひそひそ話をする俺たちに、高麗川《こまがわ》が欠伸混じりに尋ねてくる。

「あ、サジさんとはお知り合いです。私が登校できるようになったきっかけがサジさんと真友《まとも》さんだったので」

「そういやドスケベ催眠術師の話を聞いたのもマッピーだったね」

真昼間の言葉に納得した後、高麗川が不思議そうに尋ねてきた。

「……で、なんで私はお昼寝してたの？　ぜんっぜん記憶ないんだけど」

「真昼間に聞かれてもいいなら話すが」

「いいよいいよ。そもそも内容がわかんないから判断できないし」

許可が出たので、記憶封印のドスケベ催眠術の解除をすることに。

確か条件は忘れさせられた出来事の指摘だったな。

「俺たちの活動に協力すると言い出したのを覚えてるか？」

「それは今日の昼休みにする予定で、あれ、でももう昼休みが終わりそうで、あれ、私、確か言い出して……、あれ？」

「俺から『るいるい』と呼ばれた覚えはあるか？」

「それも昼休みに入ってすぐにしてもらって、あれ、時系列おかしくない？」

「実は――」

混乱しているようなので、ドスケベ催眠術で記憶を失うまでの経緯を大まかに伝えた。

「――というわけだ。思い出したか？」

「うわうわ……、マジだ、マジじゃん……、何この感じ、え、こわ……」

存在する記憶とそれを忘れさせられたという恐怖体験に、高麗川が顔を青ざめさせる。

「てかダメ、だったんだ……」

しかしすぐに、忘れていた事実を受け入れ、肩を落として意気消沈。

それから、たははと困り笑いを浮かべた高麗川が弱音をこぼす。

「これってさ、放っておいてほしいってことなのかな？」

「知らないが」

「でも記憶消すって百パー拒否のお断り確定演出じゃんかー……」

類友作戦を宣言したときの勢いはどこへ行ったのやら、高麗川《こまがわ》が机に突っ伏す。すっかりネガティブモードだ。

こちらとしては、真友《まとも》の仲間として覚醒してほしいので、そう気落ちしないでほしい。どういう言葉をかければ、こいつがやる気になるだろうか。

俺の考えが巡るよりも早く、高麗川がため息を吐いて、疲れたように笑う。

「あたし、いつもこんなだ」

「いつも?」

「影響されやすくて、周りにすぐ流される。その場の空気を乱さないようにするの。んで、しようがないとか、私は悪くないとか、言い訳する」

高麗川の自虐は止まらない。

「この部活に入ったのも友達に誘われただけだし」

よくわからない部活に入っていたのはそういう理屈だったか。

「なのにその友達、全員転校したし。でも自分が原因で廃部になるのも嫌で、辞めるに辞められなかったし。マッピーが入ったら入ったで、一人にするの可哀そうだなって思ってやっぱり辞められないし」

部員が二人なのってそういう理由だったのか。いや、全員転校したってすごい理由だな。

ふと気になり、俺も真昼間《まひるま》に聞いてみる。もちろん小声で高麗川に気づかれないように。

「陽キャの参考はこいつでいいのか？　ただの八方美人っぽいぞ？」

「いいじゃないですか、八方美人。空気を読む能力は折り紙付きですし。しかもめちゃくちゃ甘やかしてくれますし」

こいつもまああ失礼だな。

「流されて流されて、たまーにやる気を出してもやりきれなくて。もうあたしって本当、何なんだろうね」

それからもやぶれかぶれに弱音が吐き出される。

……うん。

興味ないな。

とりあえず、今後の動きについて確認しておこう。

「これから類友作戦とやらはどうするんだ？」

高麗川は、んー、と少し考えてから、へらと力なく笑う。

「もう、いいかも。あそこまで取りつく島ないんじゃ、これ以上やってもむなしいだけだし」

「昨日始めたばかりだと思うが」

「記憶消されるぐらい拒絶されてるし、これがあたしのわがままだってことくらいわかるから」

仲直りしたい気持ちはあるが、無理と判断したというわけか。

「……ドスケベ催眠術師への依頼も取り消そうかな」

「諦めるってことでいいのか？」

「この状態で仲直りを持ちかけられても、真友《まとも》も迷惑でしょ？」

気づいているのだろうか。

自らの語った『いつも』を繰り返そうとしていることに。

あるいは気づいていても、それしか選べないのか。

何にしても類友作戦はここまでのようだ。

「わかった」

なら、切り替えていこう。

こちらは高麗川《こまがわ》に引き下がられては困るのだ。

「諦めたなら、もうどうなっても構わないな？」

「は？」

高麗川が驚き、顔をあんぐりさせる。

「どうせ今後関わらないようにするんだ。日常生活に差し支えなければ、いくら嫌われても問題ないはずだ」

「ちょちょちょ、問題しかないけど!?　相手に迷惑だからやめようって話だからね!?」

今度は顔をアングリーさせる。

「高麗川が場の空気を読んで、雰囲気に流されてしまうという話だろ？」

「否定はできないけど、言い方……」

やや不服そうに、高麗川が口先をとがらせる。

別に責めているわけじゃない。空気を呼んで場に溶け込める能力は素晴らしいもので、それが欲しくてたまらない人だっている。

だが、あえて言う。

「それは悪癖だ」

「う」

「高麗川はそれを直すべきだろう。場の空気を読むだけじゃなくて、空回りしてでも大事なのにちゃんと向き合えるようになったほうがいい。そうやって、仲直りを切り出せるようになるべきだ」

「でも、それじゃあ仲直りできないし、むしろ相手に迷惑かけるかもだし」

「迷惑をかけまくった挙句に失敗すればいい」

「はぁっ!?　ちょ、どういうつもり!?」

「同じ失敗を繰り返させないつもりだ」

「っ」

むぐっと言葉に詰まった高麗川《こまがわ》に畳みかける。

「謝罪ってのは、本来同じ過ちを繰り返さない対策と共にするものだからな。場の空気や雰囲気に流されず、自分の意見がまっすぐに言えるようになる。そんなドスケベ催眠術をかけてもらって、そのうえで謝罪をすれば、少なくともお前の誠意は伝わるんじゃないか？」

それで真友《まとも》が許すかどうかは知らないが。

「……ちょっと、考えとく」

ある程度納得できる理屈だったのか、高麗川は難しい顔をしながらも首を縦に振った。

その考えを促すべく、一つ補足をしておく。

「まあ仲直りできなくても気にすることはない。真友と仲良くなれないのはお前に限った話じゃないからな」

「どういうこと？」

「あいつは催眠術の効く相手を人間だと思ってない」

「何それ？　人間じゃないなら何なの？」

「肉人形」

「いや肉人形って、真友に限ってそんなことは」

「あるんだな、そんなことが」

肉人形扱いされた人たちに、その記憶がないだけだ。

「だから安心していい。特別お前にだけ冷たいわけじゃない」

「何も安心できない！　それ、その他大勢扱いされてるだけじゃん!?」

「……サジさんが特別扱いされているのってそういう」

キーンコーンカーンコーン、と。

真昼間《まひるま》の呟くような言葉をかき消すように、予鈴が鳴る。

授業をエスケープするほどのことではないので、話は中断となった。

「ほんじゃ、教室戻ろっか」

席から立ち上がった高麗川が俺の横を通り過ぎる。

すると、真昼間がシュバッと移動。高麗川との間に必ず俺を挟むような位置をキープした。

そんな奇行を高麗川が訝《いぶか》る。

「なんか今日のマッピー、いつも以上にビクついてない？」

「び、ビクついてない、ですよ？　も、問題ありません、いつもどおりです」

これがいつもどおりなのはかなり問題では？

「ホントかなぁ？」

訝る高麗川がひょいひょいと体を左右に振り、俺に隠れる真昼間と目を合わせようとする。

「ご、ごめんなさい！」

「うぉ!?」

何度かひょいひょい繰り返した後、真昼間《まひるま》が俺の背中に真昼間がひっついた。わあ、重量感がすごい。

「おぉ、マッピー大胆」

感嘆する高麗川《こまがわ》。

直後、真昼間が怯えたように早口に言う。

「あの、すいません、当方このとおり性愛は男性が対象のヘテロセクシャルでして、サジさんにひっつくことでそのアピールをしている次第です。サジさんもすいませんこんな女に付きまとわれて迷惑かもですけどすいません私の性癖が歪曲《わいきょく》する危機ですのでどうかご容赦を」

そう言えばそんな勘違いもあったな。

「……何言ってんの？」

突然の説明に高麗川が困惑露《あら》わに首を傾《かし》げた。

「高麗川先輩がガチ百合の方で真友《まとも》さんに肉体関係を迫ったけどフラれて、挙句の果てに真友さんとサジさんのイチャイチャラブラブ好き好きちゅっちゅを見せつけられて脳が破壊されたんですよね。陽キャどころかイケナイ太陽キャだったんですよね」

「違うけど!?　サジ君、これどういうこと!?」

目尻を吊り上げ、ギロリときつい視線が向けられる。

「お前の依頼内容を話さなかっただけだ。守秘義務だから当然だな」

「そのせいであたしの尊厳が大変なことに！」

「まったく、真昼間の想像力には驚かされる」

ちなみに俺はもう、こいつは放置すると決めた。勝手に言ってろ。

「マッピー？　私、違うからね？　だからそんなに怖がらなくていいからね？」

高麗川がにこやかに、怯える動物を宥《なだ》めるように甘い声をかけるが。

「ひい、すいませんすいません！　当方ノンケにつきどうかご容赦を。セクシーフェロモンでメロメロにしないでください！　シールド」

「うぉ!?」

真昼間が俺の肩を掴み、盾代わりにグイッと高麗川との間に持ってくる。こいつ、力強っ!?

その態度を受け、高麗川が眉を寄せてムムと唸ってから俺《盾》にジト目を向けた。

「サジ君からもなんか言ってやってよ。サジ君の伝え方のせいだからね、これ？」

そう言われると責任を感じなくもない。真昼間がまた不登校になるのも面倒そうだ。

「真昼間、落ち着け。仮に高麗川が女性を性の対象とする百合百合満開ＪＫだったとして」

「そもそもそこが違うんだけど」

「女ならすべて良いってわけじゃないだろう。真友とは性格も容姿も全く違うし、真昼間は高麗川のストライクゾーンの外のはずだ」

「な、なるほど。つまりわたしはアウトオブ眼中、歯牙にもかからない存在だと。ふう、ブサイクで良かった」

「そういうことじゃないし!? マッピーかわいいんだからもっと自信持って!?」

「やっぱりそういうことなんですね!?」

「違うからっ！」

結局授業開始のチャイムが鳴ったので弁解の時間はなく。

高麗川《こまがわ》の百合疑惑、略して百合こま疑惑が晴れたのは、しばらく先の話である。


何事だろうか。

教室に戻ると、多くの視線を感じた。

授業後、俺の疑問に答えるように、クラスの男子たちが輪になって問い詰めてきた。

「なあ、るいるいって何だったんだ?」「お前、高麗川派か?」「やっぱり清楚よりギャルだよな」「貧乳より巨乳だよな」「時代はロリ」「安心しろ、片桐《かたぎり》さんは俺が幸せにする」

どうやら、真友《まとも》と高麗川の二人に言い寄られた俺が高麗川を選んだ、みたいな話になっているらしい。

そう思われるのはわからないでもない。急に呼び方を変えて、昼休みに三人でどこかに行って、真友だけ先に教室に戻ってきて、授業ギリギリに俺と高麗川が二人で戻ってきたのだから。

「何もない。少しからかっただけだ」

「サジってそういうことするタイプだったんだな」

意外そうな反応をされる。

「別にしたくてしたわけじゃない。する必要があっただけだ」

金輪際るいるいなどと呼ぶことはないだろう。

「ふーん」

俺の返答に、クラスメイトらがつまらなそうに落胆する。

大抵の真実なんてつまらないもので、虚構のほうが面白くなるようにできている。

世の中そんなものだ。

なんて考えていると、スマホが振動する。

高麗川からのメッセージだ。

『いろいろ考えたけど、やっぱりドスケベ催眠術をかけてほしい』とのこと。

……いや、俺じゃなくて真友に直接言えよ。

＊

放課後。

メディ研部室を訪れると真友と高麗川が昼休みと同じ位置に腰かけていた。

「悪い、待たせた」

「大丈夫、ちょうど準備を済ませたところ」

報酬の話とかだろう。

時間が空いたからか、昼休みに真昼間《まひるま》にラブコメ扱いされた気まずさのようなものはなかった。あるいはドスケベ催眠術で自らの記憶を操作したかだが、俺にそれを知るすべはない。

そうしていつもどおりの平静な真友《まとも》に対し、高麗川《こまがわ》はそわそわとして落ち着かない様子。

「お前、大丈夫か？」

「だだ、大丈夫だからね、私は大丈夫。大丈夫でしかないからね」

大丈夫じゃないヤツの言動だった。

表情も硬いし、動きもなんかカクカクしている。切羽詰まっているのがよくわかる。

これからドスケベ催眠術をかけられることを恐れているのか、あるいはその後のことに今から緊張しているのか。

それを気にすることはなく、真友は軽く咳払いして切り替える。

「それじゃあ、始める」

言った瞬間、そこに特殊な空気が漂い始めた。

「これから類《るい》は――」

そうして真友はこれまでのドスケベ催眠術同様の説明をパパッと済ませ、最終確認に入る。

「類がどうなりたいのかを、類の言葉で教えて」

「あた、あたしは、大事なことから逃げないで、向き合える自分になりたい。場の空気に流されないで、自分の思いを言葉にして伝えられるようになりたい。それで、仲直り、したい」

落ち着きのない口調だが、はっきりと告げる。

「これから類がかかるドスケベ催眠術は、今日からちょうど一年後に解ける」

「うん」

「だからどうか、自分の言葉をちゃんと果たして」

言葉を区切り、真友が髪飾りをキンと鳴らす。そして、

「ドスケベ催眠四十八手——童貞卒業《どうていそつぎょう》」

デコピンをペチリと叩き込む。

すると高麗川は糸の切れた人形のように脱力し、どさりと音を立てて机に突っ伏してそのまま寝息を立てた。

相変わらず、早い仕事である。

こうしてあっけないほどに、ドスケベ催眠術をかけ終えるのだった。

「さ、終わったから帰ろう。ばっくほーむ」

立ち上がり、真友が淡々と帰宅準備を始める。

呼び止めるように、声をかけた。

「一つ、聞いてもいいか?」

「何?」

「こいつの仲直り、うまくいくと思うか?」

「知らない。そこまでは責任取れない」

「そりゃそうだが」

「そもそも仲直りの成否は類《るい》個人の意識でどうにかなる問題じゃない。結局は相手次第」

「当たり障りないな」

「類のことを深く知っているわけじゃないから。でも」

「でも?」

「謝ったら許してもらえるとは限らない」

謝られても許すつもりはないらしい。

「ただ、それでも仲直りしたいなら、許されたいなら、傷つけた人間には相応の努力が必要」

少しだけ悲しそうに、真友《まとも》が言う。

それは高麗川《こまがわ》ではなく、別の誰かに向けられたものに聞こえた。

言葉の本意を確かめようとしたときだ。

「……あれ、誰かいるの?」

高麗川が起きた。俺の知る限り、最短覚醒記録である。

「随分と早起き。昼もドスケベ催眠術した影響？」

真友も驚きに目を丸くする。どうやらかなり珍しいことが起きているらしい。

やがてその眼に俺たちの姿を捉えると、

「サジ君と、片桐《かたぎり》さん？　……真友！」

椅子を倒しながら立ち上がった高麗川が距離を詰め、真友の両肩を摑んだ。

「な、なに、類？」

力強い目で真友をしっかりと見据え、早速ドスケベ催眠術の効果が高麗川に表れる。

「ごめん！」

「……なんぞ？」

疑問形の返事とともに真友の首が傾《かし》げられる。その顔は状況を完全に理解していない。

「あたし、ずっと謝りたかったの、真友に」

しかし気にせず、高麗川は言えずにため込んできた思いを、湧き上がる感情のままに告げる。

「謝りたかった？　私に？　なんで？」

困惑した声。触れ合う距離にいながら、二人の間には確かな断絶があった。

「小学生の時、真友が酷《ひど》いことをされていたのに、見て見ぬふりした」

「はぁ」

「気色悪いとか、一緒にいると呪われるとか言われていたのに、見捨てた。助けなかった」

「それ、類《るい》は何も悪くないのでは？」

「何もしなかったの、できなかったの！　友達だったはずなのに」

「自分が正義でないことを恥じる必要はない。類は見た目に反して真面目だ」

感情的になった高麗川《こまがわ》は真友《まとも》に懺悔《ざんげ》するが、すべて暖簾《のれん》に腕押し。

それからも謝罪の言葉は続くが、何一つ響かない。

やがて高麗川の話がピークを迎えて着地点へ。

「仲直りしたい。また、友達になりたい」

本音を吐露《とろ》し、上目遣いの涙目で頼み込む高麗川。

男ならころりと許してしまいそうな場面だが、真友は、

「それは無理」

何ともあっさり、否定の言葉を放つのだった。

「そ、そっか。……だよ、ね。やっぱり許せないよね」

震える声で高麗川が自分に言い聞かせる。

ただ真友は興味なさそうに、

「仲直り以前に、そもそも記憶にない」

それは何度も聞いているようで、初めて聞いたような言葉だった。

「だから、どうでもいい」

「そっか」

肝心なことを言えるようになった。

本心を伝えられる、なりたい自分になれた。

それでも結末は苦々しい。

「……悔しいなぁ」

そんな呟きとともに高麗川の仲直りは、失敗という形で幕を閉じた。

しかし、高麗川の話は終わらない。

「本当に、サジ君の言うとおりなんだね」

「サジが、何を言ったの？」

先ほどまで無関心だった真友が興味を示す。

「真友から見たあたしは肉人形で、興味がないって」

「それが何か問題？」

「真友が人のことをどう思うかは自由だから、それはいいよ。いいの、いいんだけど」

大きな瞳が動き、俺を捉える。

「サジ君は、……ドスケベ催眠術師の子は酷《ひど》いやつだから、やめたほうがいい。特別扱いしないほうがいい」

氷でなぞられたような冷たさが、背中を伝う。

「お前、どうしてそれを……」

「マッピーと話してたじゃん。あたし、知ってんだからね」

話していたとき、高麗川《こまがわ》は眠っていたはずだが。

狸寝入りをしていた、ということだろうか。確かにこの早起きっぷりなら……。

……いや、この際知った手段はどうでもいいか。

方法はどうあれ、高麗川類《るい》は知ってしまった。

「迷惑をかけまくった挙句に失敗すればいいとか言い出して、人の気持ちとかまるで考えないんだから。だから、絶対気を許しちゃダメ。できるなら一緒に活動しないほうがいい」

なるほど、ドスケベ催眠術の影響でこういうことも言えるようになったのか。

冷めきった頭で『これ』の対処を導き出す。

学年違いで関係性が浅く、友達がおらず、悪影響のない、陰キャの真昼間《まひるま》とは違う。

同じクラスで関わりは濃く、信頼も厚くて人脈も多い。

今の発言が茶化したつもりなのか、善意からの助言か、ただの悪意かはわからないけれど。

こいつは平穏を脅かすリスクだ。

ならば、俺がとるべき行動は、

「類」

冷たい声が思考を遮《さえぎ》る。憐れむような、悲しそうな、そんな声だった。

「ありがとう」

肩を摑《つか》む手を払い、真友《まとも》が高麗川の体に腕を回し、ぎゅっと抱きしめる。

「私のために警告をしてくれて、ありがとう」

「ま、真友？」

「でもごめん、私は昔友達だったかもしれない類より、今を一緒に活動してくれるサジを信じたい」

「友達だったかもしれないって、何？」

高麗川が不明瞭な表現の正体を尋ねる。

「私には中学生になる前の記憶自体がない」

「記憶自体がって、それって……」

「記憶喪失」

初めて聞く、真友の過去。

「だから類とは何か関係があったかもしれないけど、今の私はそれを知らない」

温度差の理由に合点がいった。

高麗川は覚えていて、真友は覚えていない。

真友は謝られても、そもそも何のことかわからない。

高麗川は忘れているものだと勘違いし、思い出させようとした。

どうして気づけなかったのか。

その可能性には至れたはずなのに。

まったくもって不毛だった。

そして彼女の記憶を奪ったのは、あの男なのだろう。

「だから今の私は類《るい》が仲直りしたい相手じゃないし、類が過去に犯した罪を許す資格もない」

「……そう、だったんだ」

高麗川《こまがわ》の表情はとても複雑そうだった。理解も納得もできないが受け入れざるを得ないといったところか。

「というわけで、今回のことはなかったことにするから忘れてほしい」

「ううん、覚えてる。それで、いつかまた」

「ダメ、なかったことにしてもらう。……いや、違う」

真友《まとも》の低い声。

高麗川に回された腕の力が強まる。抱きしめるのではなく、拘束して逃がさないように。

「私が、なかったことにする」

――キィン。再び、あの音が響く。

「何、これ、動けない……？」

「ドスケベ催眠四十八手――直立腐道《ちょくりつふどう》。動けなくするドスケベ催眠術。私が触れている間、類は動けない」

「ちょっと、真友、これ、なんでっ……!?」

「覚えていない過去の記憶なんて今はどうだっていい。でも」

鋭い口調だった。

おふざけや便宜上で言っているわけではない。

密着したまま、相手の耳元で真友が告げる。

「サジを傷つけるような発言をしたことは、許さない」

――キィン。またも、髪飾りが鳴る。

俺の位置から真友の表情は見えないが、高麗川の顔には恐怖が浮かんでいた。

真友が何をするか、自分がこれから何をされるのか、察したのだろう。

しかし、目を見て、声を聞き、手を触れられ、匂いすら感じられる距離にいて、ただの肉人形がドスケベ催眠術を防ぐことはできない。

もちろん、俺がそれを止めることもない。

「やめ」

「ドスケベ催眠四十八手――白紙塗料《はくしとりょう》、ん」

真友は、高麗川の唇に自らの唇を重ねた。

ぴちゃぴちゃと水音を立て、自分の舌を何度も高麗川の舌と絡ませ、その口内を犯す。

さらに回す腕も高麗川《こまがわ》の体を這《は》うように動かし、刺激を与えていく。

当然そこに、愛はない。

五感全てを用いて、相手を支配するドスケベ催眠術。

初めて見る、片桐真友《かたぎりまとも》の全力。

「——」

やがて真友が顔を離すと、二人の唇につーっと涎《よだれ》の橋がかかり、ぷつりと途切れた。

直立状態で突然ドスケベ催眠術を使用されたからだろう、高麗川がその場に崩れ落ちる。

まるで、魂《たましい》を吸い取られたように。

規則的に呼吸をしているが、意識はない。

真友はそんな高麗川を放置して、てらてらとした口元を手の甲で拭いながら、俺のほうに向き直る。

「類《るい》は転校してくる前の私に関する記憶全てと、サジがドスケベ催眠術師の子である記憶を忘れた。サジがドスケベ催眠術師の子であることを自白しない限り、思い出すことはない。これで契約は守られる」

淡々とした口調。同性相手とはいえ、口を重ねたことへの動揺は見られない。

「だから、いなくならないでほしい」

俺の考えを見透かしてのドスケベ催眠術だったらしい。

「いなくなる？　何の話だ？」

「サジがどこかへ逃亡すると思った」

「そんな面倒なこと、するわけないだろう？」

図星であることを悟られぬよう、鼻で笑い飛ばす。

「サジならそうすると思った。前例がある」

「……仮にそうだったとして、真友が忘れさせたなら俺がどうこうすることはない」

これ以上追及されるとボロが出そうだ。

話題転換がてら、気になっていたことを尋ねてみる。

「それよりもお前、記憶喪失だったんだな」

「うん。多分、師匠が私にかけた催眠術。確証はないけど、確信はしてる」

真友が催眠術にかけられたのは五年前。彼女の記憶の始まりだという中学一年生の時期と、ちょうど合致する。

「私は最初の記憶の時点から、既に師匠の弟子だった」

「記憶、取り戻さないほうがいいんじゃないか？」

彼女の記憶については、心当たりがあった。

高麗川曰《いわ》く、家族がヤバい感じの宗教にはまっていたという。今の真友が一人暮らしをしている事実と合わせて考えると、幸せなものだったとは思えない。

この世には知らないほうが幸せなことがたくさんあるのだ。

「心配してくれてる？」

「そんなところだ」

なんて言いつつ、仲間と認識させて記憶を思い出させようとしているだけだが。

「私自身、思い出して気持ちのいい記憶ばかりでないことは察している。幸せだったなら、そもそも忘れさせられることもなかっただろうし」

「なら、どうして記憶を求める？　嫌な思いをするとわかって進むなんて愚かなだけだ」

「別に記憶を求めているわけじゃない」

それから真友《まとも》は淡々と、けれどどこか誇らしげに続けた。

「言ったはず。ドスケベ催眠術師として、初代を超えたと証明するためだと。二代目を名乗っていながら、師匠の情けを受け続けるなんて、そんな恥ずかしい真似はできない」

こいつは、バカだ。

ドスケベ催眠バカだ。

ただドスケベ催眠術師として、高みを目指したい。

そんな純粋な思いで、自分にかかったドスケベ催眠術を解こうとしている。

その先で嫌な思いをするとわかっていながら。

「まあでも、今はドスケベ催眠術関係なく、ちゃんと仲間が欲しいと思っている」

真友が思い出したように言う。

「そうなのか？」

「サジと一緒に活動して、そう思うようになった。不便もあるけど、活動の幅が広がる」

「そりゃどうも」

ふいと視線を外す。

「だから、唯一仲間になれそうなサジがどこかへ逃亡するようなことにはしたくない」

「そんなこと、あるわけないだろう？」

結局、話は一周して戻ってくるのだった。

「さて。またすぐに起きるかもしれないから私はもう帰るけど、サジはどうする？」

俺はちらりと視線を高麗川《こまがわ》へ。

「先に帰っていてくれ。こいつから記憶が消えたのか、ちゃんと確認したい」

「わかった。……二人きりだから、眠れるロリ巨乳で遊び放題。やったね」

平坦ながらもからかうように言うと、真友はメディ研部室を後にした。

残される俺、そして口元を濡らして床にぶっ倒れるロリギャル。

……。

「せめて、椅子に座らせるか。……どこ、触っていいんだ？」

まさか一日に三回も高麗川《こまがわ》が起きるのを待つことになるとは。

高麗川が目を覚ましたのはそんなことを考えていたところだった。

「……ん、んぅ？　ここ、部室？」

机に顔をつけていた高麗川は昼休みの時と同じように小さく呻《うめ》くと、窓から差し込む夕日を浴びながら、寝ぼけ眼でポーッとした様子のまま体を起こす。ドスケベ催眠術をかけられてから十分ほどのことで、相変わらずの早起きだった。

やがて意識がはっきりとしてきたのだろう。

「な、なんで、部室にサジ君がいるの？　てかなんでこんな時間に私部室で寝てるの!?」

乱れている髪をくしくしと整えつつ、困惑を露《あら》わにする。

「メディ研に興味があってきたんだが、最初から高麗川はぐっすりと寝ていたぞ」

「そ、そうなんだ。……え、寝顔見てたの？　え、キモイんだけど」

顔を引きつらせ、ドン引きした声で言ってくる。何だこいつ。理不尽かよ。

「変なところ触ってないよね？」

「脇ぐらいだ」

「え、なんで脇触ってんの？　普通にキモイんだけど」

高麗川が自分の体に腕を回して変質者に向ける目を向けてくる。椅子へ運ぶために持っただけなのに。

脇を持ったときに胸が手にぐいぐいと当たってきたが、あれはノーカンだろう。当たっちゃったんだから仕方がない。真友《まとも》だったら当たらなかったのだから仕方がない。

とはいえ、彼女から見れば俺が睡眠中に脇を触ってくる珍しいタイプの変態に聞こえてしまうのも事実。ここは適当にカバーしておくとしよう。

「自分の脇だ」

「私が寝ているところで自分の脇を触っていたの？」

あれ？　それはそれで特殊な変態になってないか？

「ちょっとかゆかっただけだ」

「へー、ふーん」

怪しむ表情を向けられる。追及される前に、用件を切り出そう。

「眠る前に何をしていたか覚えているか？」

「部室にいるんだし、部活をしていたんじゃない？　よく思い出せないけど」

「誰かが来て、話した記憶は？」

「ないない」

「片桐《かたぎり》真友がここに来て、話したりしていないか？」

「片桐さん？　来てないと思うけど。いや、寝ている間はわかんないけどさ」

「そうか、ここに来ると思ったんだがな」

「ないない。転校してきてから、何回かしか話したことないし。私とはグループもタイプも違うし、合わなそうだし」

クラスで普通に話していたことさえ、なかったことになっていた。

「実は昔から知っていたとかもないのか？」

「それもないってば。あんなにかわいい子、会ってたら忘れないよ、普通」

そう、普通は忘れない。

「類友作戦って聞いたことあるか？」

「何それ？　類は友を呼ぶってやつ？」

ケラケラと笑う。

真友《まとも》の過去を聞き出すのは無理そうだった。

過去に真友と知り合いだった記憶はすっかり消されている。呼び方もばっちり修正されており、ドスケベ催眠術師へ依頼したことも、仲直りの準備でいろいろしたことも覚えていない。

これなら俺が何かをする必要はないだろう。

それにしても片桐《かたぎり》真友、いや、ドスケベ催眠術師。

……なんて、使えるんだろう。

＊

「お帰り、サジ。待ってた」

メディ研部室を後にして帰宅すると、マンションの廊下、部屋の扉の前に真友が立っていた。

「なんでここにいるんだ?」

今回のドスケベ催眠活動の件は一段落のはずだが。

「立ち話もなんだから、中で話をしよう」

「それをお前が言うのは変だろ」

「連れてけ連れてけ」

トテトテと小走りで俺の後ろへ回り込み、背中をぐいぐいと押してくる。妖怪ツレテケここに再誕である。

仕方ないので鍵を開けて家に真友を招き入れると、前回同様リビングに通してローテーブルを挟んで相対して座る。

「それで、何の用だ?」

「いろいろと考えて、サジと話したくなった」

いつも話してばかりのような気もするが、いつもより神妙な様子だ。

何か思うところがあるのだろう。

例えば、今日の依頼人のこととか。……まあ、自分に関係のあることだったしな。

「確認したと思うけど、私は類《るい》がまた依頼をしてこないように、サジがドスケベ催眠術師の子であることの他に、過去の片桐真友《かたぎりまとも》に関する記憶を思い出せないようにした」

「あまり話したことのない転校生って認識だったな。それがどうかしたか？」

「落としどころとしては悪くなかったと思う。サジの平穏を守りつつ、類の悩み自体をなかったことにして、誰も傷つきはしなかった」

損も得もしない、そんな幕引きといえるだろう。

それの何がいけないのか。

「高麗川《こまがわ》の仲直りを断ったことに後悔でもあるのか？」

「今の私に、後悔をする資格はない」

「なら何に落ち込んでいるんだ」

「もっといいドスケベ催眠術があったんじゃないかと、考えてしまう。記憶を消して、なかったことにするだけで、本当に良かったのかと」

真友の目が憂いを帯びる。

どうやら自分の力の至らなさ、未熟さに落ち込んでいるらしい。どこまでもドスケベ催眠術にストイックなヤツである。

しかし協力者なので、いや、協力者だからこそ、俺は彼女にとって都合のいいことを伝える。

「それでも俺は感謝している」

「うん？」

「ありがとう。今日は本当に助かった。お前はすごい」

真友は鳩が豆鉄砲を食らったように、目をぱちぱちさせて、ぽけっとしていた。

「……おい、なんか言え」

「サジがそうやって素直にお礼を言ってくるとは思わなかった」

素直かどうかは微妙なところだ。

「でもそう言ってくれるなら、ドスケベ催眠術を使った甲斐があった」

真友は胸に手を当てて安堵《あんど》のため息をつく。

さて、ここからだ。

やや強引に、俺は話題を切り替える。

「だが、真友が高麗川とのかかわりをなくしたのも事実だ」

「特に気にはしてないけど、確かに後悔の種を撒《ま》いたかもしれない」

今のところは肉人形としか思っていないからだろう、特に悲しんでいる様子はない。

そこへ俺は、慮《おもんぱか》るように提案する。

「だったら、俺と普通に友達にならないか」

「普通に友達？　え、なぜ？　理解できない。正気？」

何言ってんだこいつ、みたいな顔を向けられた。

「本気で疑問に思われると、少し悲しいんだが」

「だってサジはドスケベ催眠術師を嫌っている」

「それは違いない」

「だから私と協力関係にはなれても、そういうことを言い出すとは思えない」

少し前までは俺もそう思っていた。

「前にも言ったが、持つ情報が変われば対応も変わる。平助《へいすけ》と同じドスケベ催眠術師でも、お前となら一緒にいるのも悪くない。信頼できると、そう思ったんだ」

嘘を言っているつもりはない。これは紛れもない本心だ。

「将来記憶を取り戻すことで真友《まとも》が悲しい思いをするかもしれない。そのときにお前との関係が何もないのが嫌だった、そういうときこそ傍にいたいと思った。だったら契約とは違う、近しい関係になっておくのが合理的だろ」

そして俺だけが、ドスケベ催眠術師の心にこの言葉を届けることができる。

「というわけで、俺みたいなのでよければ友達に思ってくれ」

だって俺は今の彼女にとって唯一対等に言葉を交わせる特異体質者。

「契約が終わってからも、変わらず交流しよう。友人であろう」

ドスケベ催眠術師の子なのだから。

「……わかった。今後は協力関係だけでなく、ただの友達としても、お願いする」

「あぁ、今後ともよろしく頼む」

……。

ふふ。

心の奥底でほくそ笑む。

よかった。

うまく騙《だま》されてくれた。いや、騙したつもりはない。彼女と友達になりたいのは本心だ。

高麗川《こまがわ》との件を通して確信した。

ドスケベ催眠術師の子だとバレた際、これまでは逃げるのが最適解だった。事実、ドスケベ催眠術師の子だと高麗川に言われたとき、退学手続きのことを考えていた。

しかし、彼女がいればより簡単で確実で即効的な解決手段をとることができる。

だからこの友達申請は俺の心の底からの本気のものに違いないし、今後も彼女と良好な仲でありたいと思っている。

そこに嘘はない。

ただこの友情の根底には打算がある。

それだけの話だ。

そんな思いをおくびも出さず、真友を見やると、

「……え？」

ツーッと、一筋。

目尻に溜まった熱い水滴が、真友《まとも》の頬を伝っていた。

「お前、どうした？」

動揺しつつ尋ねる。

なぜここで泣く？

いや、泣かれると困るんだが。

それとも、俺の考えが見透かされた？

これは、どう対応するのが正解なんだ？

そうして困惑する俺を見て、

「ごめん、サジ」

真友は親指で涙をぬぐうと、小さく笑って、言う。

「そんな風に言われたの、初めてだったから」

……どうやら大丈夫だったらしい。だから、俺は安堵《あんど》させるように、普段と変わらない口調で言ってやる。

「初めてって、お前記憶喪失だろ」


その後。

「今日はもう帰る」

一息つくと、真友がそう切り出してカバンを手にとる。

「そうか。途中まで送ろう」

「すぐ近くなので大丈夫、モーマンタイ」

「気にするな。適当に夕食買いたいから、そのついでだ」

「そういえば、もうこんな時間。おなぺこ」

時計を見ると、時刻は十八時半。長い一日だと思ったが、まだ夕方らしい。

「私も買い物していく」

「どうせならどこかで一緒に食べるか？」

「わかった。外食はあまりしないから新鮮だ」

「一人暮らしだと、結構するイメージだけど違うんだな」

「一人暮らしは食費をいかに節約できるかが勝負。昔はよく家族と一緒に行ったけど」

……。

「あれ？」

今回のことは、真友が過去の友達を一人なくした代わりに、催眠術の効かない悪い友達を新たに得たという話だった。

しかし、それだけでは終わらなかったようで。

「思い出せる。昔のこと」

いつの間にか、真友《まとも》にかけられていた催眠術は解除されてしまっていた。

4章　サジの一人戦争

片桐《かたぎり》真友は、とある宗教団体に参加している信者の娘だった。

いわゆる悪徳宗教であり、真友の親はそれにどっぷり浸かっていたそうだ。

そこでは定期的にセミナーが開催され、金銭を巻き上げるために催眠術が用いられていた。

真友は幼少からそれを聞いて育ったようで、実質的な英才教育になってしまったらしい。そのせいでいつからか、無意識に催眠術を使うことができたそうだ。方向性は違うが、この辺りは俺に催眠術が効かない理由と似ている。

催眠術の才能を見出した宗教団体は、真友を神の子として祭り上げた。彼女の両親も真友のおかげで地位を高めることとなり、とても喜んだらしい。

しかし、彼女はただ催眠術が使えるだけの普通の子供でしかない。

だからあるとき、真友はその職務を拒否した。どこにでもあるような反抗期だった。

その際に両親は神の子としてふるまうように諭したが、真友は反抗期よろしく言ってしまったのだ。制御できていない催眠術を用いて。
・・・・・・放っておいて、と。
結果、家族は失踪。宗教組織含め、彼女を放ってどこかへ行ってしまった。何百人といた信者があっという間にいなくなってしまった。

ただ一人、催眠術への対処方法を持っていたドスケベ催眠術師を除いて。どうしてそこにいたのかは不明だが、セミナーに顔を出していたそうだ。

平助《へいすけ》は残された少女を自分の後継として育てることにしたらしい。

ただし、当時の真友《まとも》は精神的にもかなり不安定でふさぎ込んでいた。さらには両親との縁を断ち切った自分の催眠術を憎んでいて、制御できていなかった。

だから平助は真友の記憶を封じるとともに、優秀なドスケベ催眠術師になりたいという意志を植えつけた。危険な技能の取り扱い方法を覚えさせつつ、催眠術への拒否感をなくすために。

以降、真友は平助に師事して、ドスケベ催眠四十八手を受け継いだ。

修業は苛烈を極めたが、植えつけられた『優秀なドスケベ催眠術師になりたい』という意志の影響で、それはもう必死で頑張ったらしい。

そうして健全な精神と卓越した技術を持った二代目ドスケベ催眠術師となり、今に至る。

ここからは彼女の想像になるが、催眠術の解除条件の『仲間』とは、真友がドスケベ催眠術師であることを含めて受け入れてくれる存在のこと。

過去を思い出せば、真友は失ってしまったものや自らが嫌う才能を最大限に生かしたドスケベ催眠術師になっていることに絶望する。

そんなときに受け入れてくれる相手がいれば、支えとなる誰かがいれば、まだ救いがあるだろうから――。

＊

過去を思い出せると言い出した後、俺たちは近所の隠れ家的喫茶店を訪れていた。

店内はアンティーク家具や小物が並び、落ち着いた雰囲気が漂っており、席はすべてが個室で人に聞かれたくない話をするのにうってつけだった。後で知った話だが、ここはそういう秘密の話をするのに適した環境を提供することを売りにしているらしい。

案内された店内奥の個室席で、真友は自らの過去を語った。

聞かされた身としては、ヘビーな内容で反応に困る。

「というわけ」

しかし語り部の真友は、変わらず淡々としていた。自分のことなのにまるで他人事だ。

「よく平気で話せるな」

「過去と断絶していて実感がなさすぎる。今の時点では、そんなこともあった程度の認識」

大した図太さだ。

そしてどういうことだろう。

真友の話だと、まるで平助が善人に聞こえる。

そんなことをするような人間のはずがないのに。

「ただ、困りごとも出てきた。……類《るい》には、悪いことをした」

ついさっき撒《ま》いたばかりの後悔の種は、あっという間にその花を咲かせたのだった。

「なら、謝って仲直りでもするのか？」

「いや、しない。私はサジを優先した。それに……」

言葉を区切った真友《まとも》は、冷たく、諦観《ていかん》を帯びた声で続ける。

「しようと思えば、肉人形との関係修復はいつでもできる」

本当に、いやな職業病だった。

「何にしても催眠術は解けた、感謝」

真友がすまし顔に戻り、ぺこりと頭を下げる。

「気にしなくていい。元からそういう契約だ」

「でも、感謝はすべき。道義で礼儀でありがとう」

別に感謝してくれようがくれまいが、構わない。

契約が果たされて、役に立ってくれればそれでいい。

「そりゃどうも。なら、その感謝を今度は俺にかかった催眠術の解除って形で返してくれ」

「わかっている。今後はマイフレンドサジの催眠術解除に向けて、全身全霊粉骨砕身一生懸命絶体絶命で尽くす。私は尽くすタイプのナイスバディ」

「絶体絶命はいらないだろ。……ま、程々に頼む」

平助《へいすけ》のことなど疑問は残るが、とりあえず片桐《かたぎり》真友にかけられた催眠術は解けた。

残るは俺の問題だけ。ようやく折り返しだ。

こうして今回の件は一区切り——。

＊

——とはならなかった。

翌日金曜日の早朝、俺は真友に呼び出された。

ここしばらく続いていた晴天から一転、空は嫌な灰色の雲に覆いつくされている。

昨日の話の続きだろうと考えつつ、いつもの屋上で真友と落ち合う。

軽く挨拶を交わした後、真友は小難しい表情で、淡々と尋ねてきた。

「猛烈に悪いニュースと劇的にやばいニュース。……どっちから聞きたい？」

とりあえず大変なことが起きたらしい。

どちらも気は進まないが、聞かないことには進まない。

「劇的にやばいニュースってのは？」

「ドスケベ催眠術が、使えなくなった」

……は？

一瞬、思考が完全に停止する。ドスケベ催眠術が使えない？　……

「正しくは使おうとすると、眩暈《めまい》や吐き気、全身の震えに過呼吸といった症状が出る。ごめん」

理由を尋ねようとして、すぐに要因に思い至った。

記憶を取り戻して、トラウマを思い出してしまったのだ。

昨日は何事もないように言っていたが、本人が思っている以上に深く刻み込まれていたのだろう。催眠術を使い、自分を傷つけた恐怖が。

なるほど、困ったな。

これではこいつの友達を申し出た意味がない。

「別に謝る必要はない」

とはいえ関係を保つためにも、表面上はこう言っておく。一時的なことで回復の可能性もあるし、俺にかかった催眠術が解けるまではこの関係を保っておく必要がある。

「ドスケベ催眠活動はどうする？　しばらくの休業はやむなしだろうが、復帰の見込みはあるのか？」

「わからない……」

視線が外され、表情が暗く沈む。

「力を使おうとすると、昔のことが頭をよぎる。少し様子を見たい」

昔のこと。

家族が自分の前からいなくなってしまった記憶のことだろう。

思ったよりも重症だ。

それでも、どうすればまた使えるようになるかを考えないといけない。

そうでないと、意味がない。

とりあえず、もう片方を聞くとしよう。

「猛烈に悪いニュースってのは？」

「ドスケベ催眠術の存在が認識された」

「どういうことだ？」

「転校初日に使ったドスケベ催眠術が、バレた」

話は真友《まとも》が転校してきた日に遡る。

その日、二年一組には偶然遅刻をした女生徒がいた。例のファビュラス女子、お嬢である。

お嬢がホームルームの途中で間に合うかと思って教室を訪れると、そこでは肌色面積百パーセントの宴、すなわち狂乱全裸祭が行われていた。夢でも見ているのかと思って、すぐに保健室へ向かって午前中いっぱい寝込んだのだという。

しかし最近、クラスの女子の中で真友が転校してきた日の話題が出て、その時の様子を撮っていたのを思い出したらしい。そしてスマホのストレージに該当の画像を確認したそうだ。

昨晩、お嬢はそれを友人間のチャットグループで共有。

誰もそのことを覚えておらず、記憶が変だとなったらしい。

「ドスケベ催眠術でなかったことには……、使えないいんだったな」

真友《まとも》は頷《うなず》いてから、申し訳なさそうに話を続ける。

「まだ私が使用したというところまでは辿り着いていないけど、クラスの誰かが催眠術を使って生徒にドスケベしたという話は広まっている」

つまりそれが意味するのは、

「クラスの人たちは断罪すべき加害者、つまりドスケベ催眠術師を探し始めた。ドスケベ催眠術師狩りが始まろうとしている」

歴史上、魔女狩りというものがあった。魔女とされた異端者への迫害や処罰のことだ。

その異端者というのは現代人の視点から見れば、気持ち悪い人とかヒステリーを起こした人とかのことだそうで、大半が冤罪《えんざい》だったとされている。

しかし、ドスケベ催眠術師狩りは正当で合理的だ。

ここに犯人がいるのだから。

「サジは、私を売るつもり？」

真友が不安そうな顔で見つめてきた。

正直、その考えはある。――だが、

「そんなことはしない」

「さすがマイフレンド、ありがと」

別にこいつのためじゃない。共犯者になるつもりはない。

その日の状況から考えても疑われやすいのは男子だ。『美少女転校生の裸を見たくて催眠術を使った』というのがわかりやすいシナリオだろう。

現状として真友が疑われる要素は少なすぎる。告発しても無意味に目立つだけだ。

それに俺はまだ、自分にかけられたドスケベ催眠術を解除できていない。

今の段階で真友との関係を断つのは早計だ。

ただ、どのタイミングで損切りをするか考えておく必要はあるだろう。


ドスケベ催眠術が使えないか、もう少し試してみる。

真友がそう言うので、俺は一人で教室へ。

戻った教室には、一触即発という空気が充満していた。嵐の前の静けさ、火薬庫とでも言うべきか。まるで大きな争いの前触れのよう。

廊下側の前のほうに陣取る女子と、自席でまばらに座る男子たち。

自席に着くと、右斜め前から小さく声がかけられる。大将だ。

「おはよう、サジよ」

「あぁ、おはよう。……なんだ、これは?」

「どうやら集団催眠事件が起きたようで、その犯人探しが行われているのだ。詳しくは、グループチャットを見よ」

スマホで確認し、真友《まとも》に聞かされたのと同様の情報が知れ渡っていることを確認する。

「ひどいものだな」

素知らぬ声で言った。

「おかげで女子は男子全員を変態であるかのように見るようになり、男子は自分が不届き者だと疑われないように大わらわである」

結果、女子が団結して敵意むき出しに、男子はまとまりがなくなったという構図ができたわけだ。

「教師に相談はしたのか? 担任には?」

「『そんなことがあるわけないでしょ～、覚えていないんだから～』と流されたそうだ」

「だから催眠術の仕業っていわれているんだろ?」

「自身も被害者のはずなのに、哀れな」

何にしても、まだ学生内で広まっている程度で済んでいるらしい。

「ところで大将は随分と気軽そうだな」

「ふふふ、我は自身の安全よりも興味が勝っているからな」

「興味？」

聞き返すと、キラキラとした目でスマホを見せてきた。

「覚えているだろう、このニュースを」

それは真友が来た日、大将に見せられたドスケベ催眠術師死去の記事。

背中に嫌な汗が流れ、震えそうになる体をどうにか抑え込む。

「ドスケベ催眠術師はもう死んでいる。こいつが犯人ってことはないだろ？」

「だが、この縁者《えんじや》である可能性は高いと踏んでいる」

「縁者って？」

「重大なのは、この部分だ」

画面をスクロールし、文末に記載された一文が指し示される。

唾を飲んだ。

そこに記載されているのは、ドスケベ催眠術師の子が小学校の授業参観で父の職業について語ったというエピソード。

「おそらくこの教室にいるのだ、ドスケベ催眠術師の子が。そやつの仕業に違いない」

「なんでそんなヤツがいるってのに、お前は嬉《うれ》しそうなんだよ？」

「このような異形《いぎよう》を自分の目で見る機会が得られるのだ、極上だろう？」

……これは、よくない流れだ。

その日の休み時間はほとんどの生徒が犯人探しに時間を費やした。女子は加害者を見つけたいし、男子は自分への疑いを晴らしたい一心だったのだろう。

ところで、催眠術師探しとはどうやって行われるか。

それは聞き込みである。

どの学校出身だとか、誰と仲が良いだとか、怪しい部分がないかとか。そういう情報を同級生だけでなく先輩後輩などに聞いて回り、シロを除外してグレーを炙《あぶ》り出して、消去法で怪しい人物を追い詰めていくのだ。やっていることは中世の魔女狩りと変わらない。

そうして犯人探しをするクラスメイトらを横目に、俺は真友《まとも》に話がしたいとメッセージを送った。返事はすぐで、ＯＫとのこと。

昼休み。

いつもの屋上を訪れると、朝から続く嫌な空模様に出迎えられる。今にも降り出しそうで、話を終えたらすぐに教室へ戻ったほうがよさそうだ。

いつもの塔屋の裏側で、腰を下ろした真友はサンドイッチをハムハムと食べていた。

教室の空気が最悪という雑談から始まり、話題は呼び出しの件へ移行する。

「サジから私を呼び出すのは珍しい。どんな用事？」

「少し、聞きたいことがあった」

「聞きたいこと。何？」

「再びドスケベ催眠術を使うことは可能か？」

ピクリと眉を寄せ、真友が食事の手を止める。

「……わからない」

今朝の時点で聞いていたので、その回答は予想どおり。

しかし、こちらも無意味に聞き直したわけじゃない。

「状況を打破するため、またドスケベ催眠術を使えるようになってもらいたい。だからお前が力を使えない原因を排除しようと考えている。……異論はあるか？」

「ドスケベ催眠術を使わないという考えは、ないの？」

「催眠術師狩りを終わらせるにはそれが最短で合理的だ」

「でも、また使えるようになるかはわからない」

「何にしてもまずは原因を特定し、対処法を考える必要があるが、それは」

「サジ」

真友が遮《さえぎ》る。

訝《いぶか》る目が、俺に向けられていた。

「さっきからサジは、私にドスケベ催眠術を使わせることしか話していない。どうして、ドスケベ催眠術なしでどうにかする方法を模索しない？」

「ドスケベ催眠術は使い方を間違えなければ便利な力だ。今回のことだけでなく、今後の役にも立つだろうから、早めに取り戻しておいたほうがいい。先を見据えた対処というだけだ」

「――つまり、サジは」

冷めきった声色、その表情には珍しく、苛立ちと怒り――いや哀しみだろうか――が浮かんでいる。

「ドスケベ催眠術が使えない私に価値はないと言ってる？」

「……わかった」

力が使えなくなったことで、情緒が不安定になっているのだろう。アイデンティティとすら言っていたことができなくなったのだから、まあ納得だ。

俺は、自分の中の真友《まとも》の情報を更新する。

初対面の二代目ドスケベ催眠術師は、脅威の対象だった。

契約を結ぶことで、脅威の対象から、対等な協力者に。

高麗川《こまがわ》の記憶を消したことで、対等な契約者から、便利な力の持ち主に。

催眠術が使えなくなり、便利な力の持ち主から、役立たずに。

そして今、役立たずから、俺の立場を脅かすものへと上書きされる。

持つ情報が変われば、対応も変わる。

最終的なステータスに対し、最も合理的な対処を思索する。

ドスケベ催眠術で対処できないどころか、不利益となるのなら。

仕方がない。

今回は性急な対応も必要だし、仕方がないから——。


「なら、全てを自白するんだ。それでどうにかなる」


——損切りをするしかないだろう。思ったより早い実行になった。

「今朝と話が違う」

「今朝と状況が違うからな。それに、全部お前のしたことだ」

冷たく突き放すような口調。

自分の声が、自分ではないようにさえ感じられる。

「初《しょ》っ端《ぱな》、クラスメイトらにドスケベ催眠術をかけたのはお前だ。それからドスケベ催眠活動で人を救ったのもお前、高麗川の記憶を消して何もなかったことにしたのもお前だ。ならドスケベ催眠術による賛辞も非難も、全てお前が受けるべきだ」

厳しい言い方だが、全て事実だ。

事の主導はすべて真友《まとも》で、俺はその場その場に付随していただけに過ぎない。

正直に全部白状するべきだと、至極当然のことを言っているだけである。

「生前のドスケベ催眠術師に催眠術をかけられてやったことで、今は後悔しているとでも言えば、同情ぐらいしてもらえるさ」

「師匠は関係ない」

「諸悪の根源だろ。誰のせいで苦労してると思っている」

……。

十秒ほど、沈黙が漂う。

やがて、真友がゆらりと立ち上がる。

「……わかった。確かに私がやったことだ」

契約遵守《じゅんしゅ》の自己暗示がかかっているからか、断られることはなかった。

けれどその声色はいつもよりも冷たくて、感情が抜け落ちて聞こえた。相変わらずの無表情からは、その内に秘められたものを何一つ見透かすことができない。

「ドスケベ催眠術師の子とバレたくないサジがこういう選択をするのは、わからなくもない」

「何が言いたい？」

「ショックだった」

「ショック？」

「私に価値がないという言葉、否定してくれなかったね」

「肯定もしていない」

「私が言えたことでもないけど、サジは、変だ」

「今更だな。普段からやべーやつだの頭がおかしいだの言っていただろ」

「そうだったね。……わかってたはずなのにね」

寂しそうに自分に言い聞かせてから、

「ドスケベ催眠術師狩りのことは、私がどうにかする。そういう契約だから」

真友は屋上を後にした。

一人残された俺は、ぽつりとつぶやく。

「変なことぐらい、知ってるよ」

でも、そうならなければ俺は壊《こわ》れていた。

気持ち悪がられて、非難されて、どうしようもなくて。

乗り切るには、自分を守るには、こうなるしかなかった。

なるべくしてこうなった。それだけのことだ。

今更気にすることでもない。いつものことだ。人一人切り捨てるぐらいで落ち込んでちゃ、ドスケベ催眠術師の子なんてやってられない。

どうせ元から一人なのだから、ダメージは実質ゼロだ。

瞬間、ぬるい風が吹きすさぶ。

「ん？」

風に混じり、数滴の雨粒が服をジワリと濡らした。

とうとう限界が来たのか、いよいよ降り始めるらしい。

雨脚はポツポツ、ザアザア、ボドボドと徐々に勢いを増していく。

俺は濡れないようにと、校舎の中へ避難。

それから雨風が吹き込まないように、しっかりと扉を閉める。

バタンという大きな音が、やたらと頭に響いた。


放課後。

部活へ行く者、帰宅する者、犯人探しに躍起になる者。三者三様、自由な時間を過ごそうとする。

そこへ待ったがかかった。

「みんな、少し時間がほしい」

何人かはさっさと出て行ってしまったが、残ったクラスメイトらの視線が、転校初日の挨拶のように壇上の真友《まとも》に集まる。

どうやら話したとおりに動いてくれるようだ。

「どうしましたの、真友ちゃん？」

今回の情報提供者である女生徒、お嬢がファビュラスに問い返す。

「今話題の、みんなが裸になっていた件の犯人について、話す」

どよめくも、すぐに彼女の話を聞こうと教室が静まり返った。

「犯人は、私。二代目ドスケベ催眠術師の私が、したこと」

震えて消え入るような声が、静まった教室によく響いた。

どう声をかけていいのか、どう反応するのが適切なのか、誰もがわからず、沈黙が続く。

そこへ恐る恐るというようにお嬢が尋ねた。

「真友ちゃんがおやりになった証拠はありますの？　誰かに言わされているのではなくて？」

「私が転校してきた日に起きた出来事。因果関係は成立する」

やった本人がやったと言っているのだから、そこに矛盾が生まれるはずもない。

しかし、人を全裸にして踊らせる催眠術という常人離れした変態的行為を美少女転校生でクラスの人気者である片桐《かたぎり》真友がしたと、教室にいる誰もが思っていないようだった。

あるいは誰もが信じたくないのだろう。

「いいや、片桐が犯人ということはない」

だから真実を押しのけて、こんな間違った意見が出てきた。

声を上げたのは大将だった。

いつものピンとした姿勢で、行進のように机の間を通り抜ける。そして真友《まとも》を押しのけるようにして壇上に立つと、教卓にバンと力強く手をついて場の空気を引き締めた。

「今の片桐《かたぎり》を見て、真犯人にたどり着く方法を思いついた」

「違う。犯人はドスケベ催眠術師の私だ」

「ならば今、我に催眠術をかければいい。それを見れば、皆納得であろう？」

わずかな沈黙、直後だ。

表情を切り替えた真友が、髪飾りに手を伸ばす。

そしていつものようにコインを弾《はじ》こうとして――、

「ドスケベ催眠四十八手……、っ」

――目を見開き、言葉を途切れさせた。

さらには呻《うめ》き、えずき、胸を押さえ、呼吸を乱してその場にうずくまる。

指先が引っ掛かったのか、髪飾りが解かれ、その場にコンと音を立てて落ちた。

「どうした？　催眠術をするんじゃなかったのか？」

堂々たる自信に満ちた言葉がかかる。

「それは、今は、できなくて」

真友は尻すぼみに言葉を失い、やがて力なく視線を逸らした。

その様子から教室の誰もが思い違いをしてしまう。

彼女ではない、と。

「見てのとおりだ。今回の件には、片桐に罪を擦《なす》りつけようとした黒幕がいる」

「大将さん、真犯人にたどり着く方法とはなんですの？」

真友の背をさするお嬢に尋ねられ、大将は得意げに宣言する。

「今回の犯人は、俗に『ドスケベ催眠術師の子』と呼ばれる存在である！」

――最悪だ。

それが間違いだと分かっているのに、否定ができない。

この教室の空気が、雰囲気が、彼女を犯人とすることを拒否している。

「ドスケベ催眠術師の子……？　そもそもドスケベ催眠術師とはなんですの？」

「これを見てもらおう」

大将がスマホを取り出し、クラス全体のグループチャットでとあるニュース記事を共有する。

それはドスケベ催眠術師死去のニュース。

皆が目を通し、あの男に関する知識を得る。

気持ち悪い。

そんな声が、耳元で囁かれたような気がした。

「これがどうかしましたの？」

「記事の最後にあるだろう。常軌を逸脱した変態、ドスケベ催眠術師には息子がいた、と。犯人はその人物に違いない。人を全裸にして踊らせる行為自体、ドスケベ催眠術という非道で非常識な力でもない限り、できるものではないのだからな」

大将の言うとおりである。

今回の件は、普通の人にはできやしないことだ。

ならば、それができる人間の関係者をあたるのは当然のこと。

合理的な考えだ。

「でも、そんな人がこの教室にいるとおっしゃいますの？」

「そのとおりだ」

「それは、誰ですの？」

「一人息子という時点で女子は除外される。少なくとも片桐《かたぎり》ではない。そして真犯人は大きなミスをした」

「大きなミス？」

真犯人である真友《まとも》が聞き返す。

「片桐に嘘の自白をさせたことだ」

「嘘じゃない。私は真実を語っている」

力なくも、真友が言い返す。

「ただの催眠術さえ使えない者が、ドスケベ催眠術師であるわけがなかろう」

「それは、今使えないだけで」

「そもそも、自分がドスケベ催眠術師であるなどと、そのような羞恥極まった自白をする人物などいるわけがない」

「羞恥極まった、自白」

真友が涙目である。

「辛《つら》かったですわね、真友ちゃん」

「違う。違うから。私のアイデンティティ、恥ずかしくない」

そのぐずついた様子は、自白の強要から解放された安堵《あんど》のように受け取られていた。教室中の真友を守る動きがすごい。

なんて優しい世界だろう。

その優しさのしわ寄せが、どこに行くかも知らないで。

「ゆえに犯人は片桐に嘘の自白をさせたのだ。己が罪を擦りつけるために」

「なんて卑劣なんですの！」

「今自白をさせたということは、黒幕は今朝から放課後にかけて、片桐とコンタクトをとった男子ということになる」

「でも、今日は真友ちゃんが男子と話しているのを見ておりませんわ。そもそも男女間でにらみ合いのような現象が起きていましたし」

「人目のつかない場所へ呼び出したのだろう。あるいはメッセージで指示を出したか」

大将がキリリと自信に満ちた顔を真友《まとも》に向ける。

「片桐《かたぎり》、お主のスマホを見せてはくれまいか？　もちろん我に見せることに嫌悪感があるのならば、他の誰かに確認してもらえばよい」

ひゅっと、心臓が摑《つか》まれたような感覚に襲われた。

「それは、ちょっと」

真友が露骨に目を逸らす。優しいクラスメイトたちはその反応を、真犯人を恐れているからだと読み取ってしまう。

「脅されているのだな。しかし大丈夫だ、今回のことは教職員含めて然るべき場所へ報告をして、真犯人には厳罰な措置をとってもらう」

この場をどうやって誤魔化《ごまか》せばいい。

アカウント名を変えれば誤魔化せるか？

それともアカウント自体を削除してしまうか？

ダメだ、どの方法でも自分にたどり着いてしまう。

真友がトーク履歴を削除すれば誤魔化せるが、それを伝える手段がない。

毎回トーク履歴を削除するようなルールを設けておくべきだった。

リスクヘッジが甘すぎたか。

――よし、逃げよう。

時間を稼いで、皆を納得させる適当な言い訳を考えるのだ。

俺はカバンを持つとスッと立ち、そーっと教室から出ようとする。しかし、

「片桐が見せてくれないのなら仕方がない。直接聞くとしよう」

大将が教壇を降り、カツカツとわざとらしく足を立てて机の隙間を歩く。

そして俺の行く手を阻むように扉の前に立ち、鋭い目でこちらを見下ろした。

「教えてはくれないか、サジ？」

周囲の視線が集まり、出ていけない状況となる。

「何のことだ？」

いつものように冷めた声で返した。

大将は真友の件とは関係なく、最初から俺に目をつけていたのだろう。

時間の問題だとは思っていたが、想像よりも早かった。

「ドスケベ催眠術師の子がいたとしたら、それは山本《やまもと》という苗字になる」

初代ドスケベ催眠術師の名前が山本平助《へいすけ》というのは、簡単に出てくる情報だ。

「そこで山本という苗字、クラスの男子全員の名前、そしてドスケベ催眠術師というワードで片っ端から調べてみたら、見事に過去の記録を引き出せたよ。ドスケベ催眠術師の子の名前が山本沙慈《さじ》だったということがな」

かつてドスケベ催眠術師の子、山本沙慈《やまもとさじ》という少年は個人情報を晒《さら》されたことがある。

このクラスに沙慈という名前の生徒は俺しかいない。

調べるのは、そう難しくなかっただろう。

逃れられない過去が、追いついてきた。

「それが何か？」

「サジがドスケベ催眠術師の子、なのだろう？」

ざわめく教室。

俺がドスケベ催眠術師の子だと決定づける証拠は、探せば探すだけ出てくるだろう。これまでは調べられなかっただけで、叩かれればいくらでも埃《ほこり》が出てくるような身なのだ。

ならばそれについては否定するだけ無駄。認めてしまったほうが、話が早い。

「確かに俺の血縁上の父親は山本平助《へいすけ》、ドスケベ催眠術師だった」

淡々と、事務的に告げる。

直後、周囲の視線が痛々しいほど鋭く、敵意を持った。

わかりやすく疑われて、わかりやすく気持ち悪がられている。

この不快感、覚えがある。

昔のボクは耐えられなかった。

でも今の俺は違う。

EUNOH

残念なことに、この程度のことには慣れてしまっている。

心は頑丈にできてしまっている。

合理的に考えて、正しいのが自分で、間違っているのはこいつらだと知っている。

だから堂々としていればいい。

焦ることなど何もない。

俺はただ、真実を語ればいいだけだ。

「白状したな。今回の事件の犯人だと」

「認めたのは、俺がドスケベ催眠術師の子ってことだけだ」

「む?」

「ドスケベ催眠術師の子がしたという証拠はあるのか?　ドスケベ催眠術師の子供がドスケベ催眠術を使えるとは限らないだろ?」

「いや、その言い訳は無理があるでしょ」

女子の誰かがぽつりと言った。

「もしいるんだったら、ドスケベ催眠術師の子供が一番怪しいよね」「普通に育って、催眠術なんて使えるわけないもん」「ドスケベ催眠術って名称ヤバくない?」「真友《まとも》が来た次の日に、二人が一緒に登校してたのってそういうこと?」「てか、隠していた時点で怪しいよね」

次々と俺が犯人だと決めつけるような発言が飛び出してきた。勝手なことを言ってくれる、言ったら言ったで疑ったくせに。

しかし、ドスケベ催眠術が使えないと証明することは難しい。それは悪魔の証明だ。

「父親だった人間の職業を答えただけだろ。それともドスケベ催眠術師の子供は全員ドスケベ催眠術師になるのか？　それともお前らは全員が、親と同じ仕事をするのか？」

「真友ちゃんに連絡した男子が、今日はサジ君しかいないとしましても？」

俺の言い分を一蹴するような報告がお嬢から入り、向けられる視線に含まれる軽蔑や非難の色が濃度を増した。

真友を見ると、体を丸め込むようにして、その場に座り込んでいる。

目が合うと、小さく「ごめん」と呟いて視線を逸らした。スマホの中身を見せてしまったらしい。トーク履歴を消すという発想はなかったようだ。

ドスケベ催眠術が使えないと、あぁも弱々しくなるか。まさにか弱い美少女様だ。

しかし、問題はない。俺はただ正直に話せばいいだけなのだから。

「どうやら片桐《かたぎり》に催眠術をかける機会があったのは、お主だけのようだな。なら、真犯人はサジしかありえない」

「違う」

「なら、昼休みは何のために片桐を呼び出した？」

「自白を促すためだ」

「嘘の自白をするように、であろう？」

「俺はそいつが犯人だとわかったから、罪の軽減のために推奨しただけだ」

「何を根拠に片桐《かたぎり》が犯人だと？」

「初代の子だからって理由で俺にコンタクトをとってきたことがある。そいつがドスケベ催眠術師だと元から知っていたってだけだ」

「だが片桐は催眠術が使えない。それがドスケベ催眠術師であるはずがない」

「本人も言ってただろ。最近使えなくなったって」

「都合のいい言い訳だな。ドスケベ催眠術を用いて言わせたのだろう？」

「そんなことができるなら、罪を擦《なす》りつけるまでもなく、この場をどうにかするだろ。何もしないのが、俺がやっていない証拠だ」

「使用の条件があって、今はそれを満たしていないだけではないか？」

「そんなのねえだろ」

なぜだろう。

俺は真実を知っていて、真実を語っている。

合理的で、正しいのは俺だ。

何も間違っていない。間違えていない。

なのに、どうして俺への悪意で空気が淀んでしまうのだろうか。

「サジよ、まったく話にならないな」

「その言葉、そっくりそのまま返すよ」

嫌気がさした。

どうして誰も、信じようとしないのか。

それが腹立たしくて、苛立たしくて、悲しくて、空しくて。

……でも、これが正しいのだろう。

嘆くなんて、今更だ。

だって俺は、ドスケベ催眠術師の子。

嫌われて、疎《うと》まれるものだ。

だから、ずっと隠してきたんじゃないか。

とにかく、バレてしまったからには仕方がない。

居心地の悪い空間にい続ける必要はない。

昔と同じように、またどこかでやり直しを――。

「ちょーっと待った！」

濁ったものを全て吹き飛ばすような、明るい声が割り込んだ。

「何だ、高麗川《こまがわ》？」

大将の視線の先にいたのは、手を挙げるロリギャル高麗川類《るい》。

「あたしはサジ君の意見も聞くべきだと思うよ！　こんなの超一方的じゃん！」

誰もが俺を悪と疑わない空間で、擁護《ようご》する意見を口にする。

それにはいったい、どれだけの勇気が必要なのだろう。

というかどうして高麗川《こまがわ》がこんなことを言うのか、と考えたところで思い至った。

高麗川にかけられた忘却のドスケベ催眠術の解除条件が、俺の自白であると。

意図せずして、彼女にかかった暗示を解いてしまったらしい。

だから、わかったのだろう。

真友《まとも》が真犯人で、俺への疑いが濡れ衣であるということに。

加えて、高麗川にはドスケベ催眠術がかかっており、空気に流されず、妥協せず、自身の考えを言葉にできる能力が備わっている。

「……もしやお前も催眠術にかけられているのか？」

「それに関してはノーコメントだけど、サジ君と片桐《かたぎり》さんの言葉を信じても筋は通るなーって」

「ならば、片桐がドスケベ催眠術師だというのか？」

「だったら、どうするの？」

「む？」

「サジ君の言ってることが正しかったらどうするのって聞いてるの」

「その時は誠意を持って謝らせてもらう」

「それで釣り合いが取れると思ってるの？　追い詰められて、親がドスケベ催眠術師だって晒《さら》されてるんだよ？　仮に悪いことしてなくても、これからサジ君はそういう目で見られ続けることになるんだよ？」

大将が怯み、強い語調のまま高麗川が畳みかける。

「後悔するの、自分だよ？」

実感を帯びた苦々しい言葉に、言い返す者は現れなかった。

「というわけで、この場で誰が悪いとか決めつけるのは反対。意見が出たなら裏づけをとろうよ。こんなのただのリンチじゃん。はい、ノーリンチー」

一転、高麗川はパッと明るい雰囲気を纏《まと》って、終わりと言わんばかりに柏手を打った。

こうしてこの場で『ドスケベ催眠術師の子のサジが黒幕』という判決は下されず、もう少し調査したほうがいいというところで落ち着くのだった。さすこまとしか言いようがない。

とはいえ、一番非難の目が向いているのは、ドスケベ催眠術師の子と自白した俺だ。

「どう考えても犯人サジだよね？」「類《るい》もよくあそこでかばったよね」「いや、あれ類も催眠術かけられてるんだよ」「真友も類もドスケベ催眠術の被害者説濃厚かな」「だよね。昨日の昼休み、三人でどこか行ってたし」「サジ3P説」「サジって何考えてるかわからなくて不気味だし」

耳に痛い言葉がそこかしこから聞こえてくる。高麗川にも迷惑をかけてしまったようだ。

いつの間にか、真友は教室から姿を消していた。

俺も帰るとするか。

逃げるように教室を出る。

廊下から玄関へと向かう脚はだんだんとその歩調を上げていく。

しかし、それを上回る小走りが背後からタタタッと近づいてきて、

「ちょいちょい、待った待った！　サジ君待ってってば！」

そんな声が俺を呼び止めた。

振り返ると、膝に手をついて、小走りで荒くなった呼吸を落ち着かせている高麗川類《こまがわるい》の姿。

「作戦会議、するからね！」


無数の水滴が窓を叩き、視聴覚準備室には太鼓を叩くような雨音が響く。

「それじゃあ作戦会議を始めるよ！」

外の悪天候を吹き飛ばすかのように、高麗川が明るい声を張り上げた。

メディ研部室には俺、高麗川の二人。

「二人か？」

「うん。真友《まとも》は付き添われて保健室で休憩中、マッピーちゃんはホームシックで帰った」

学校で、ホームシック？　……深くは聞くまい。

「とにかく何があったか話してもらいたいんだけど、話してくれるよね？　ていうか話さない

とかないよね？」

ニコリと圧の強い笑顔で聞いてくる。

あの場を収めてくれたことへの恩もあるし、記憶を取り戻しているのでおおよその事情は察しているはず。

そう思い、俺は今回の経緯を余すことなく話した。

「――というわけだ」

「思い出した時点でサジ君の言ってることがホントなのはわかってたけどさ」

ため息とともに言葉を区切り、その視線が糾弾《きゅうだん》するようにきつくなる。

「ドスケベ催眠術が使えなくなったからって、あんなことさせるのはどうかと思う」

「俺の秘密がバレそうになったときは対処する。そういう契約だ」

「……だから気を許すなって言ったのに」

ムッとしたようにぼやく。やはりと言うべきか、こちらに良い心証は持っていないらしい。

「何にしても、これからのことを考えなきゃだね」

「その前に教えてくれないか」

意気揚々《ようよう》と話を進める高麗川を遮《さえぎ》り、俺は目を細めて尋ねる。

「どういうつもりだ？」

「どういうって、何が？」

「なぜ教室で、あの場で声を上げた？」

「そりゃ、上げるでしょ」

「お前は、俺のことを嫌っているんじゃないのか？」

「嫌いだよ」

はっきりと言われる。

「諦めたならどうなってもいいだろとか言ってくるし、真友《まとも》と仲良くしていてずるいし、マッピーには変な嘘吹き込むし、真友のことを裏切るし。仕事とかなら頼りになるかもだけど、プライベートでは絶対に関わりたくないって感じ」

そこまで言うか。

「それでも、あのときはサジ君が正しいことを言っていると思った。だからあそこで声を上げた。同じこと、繰り返したくないじゃん」

なるほど。ドスケベ催眠術の影響か。

それから高麗川《こまがわ》は腕を組み、ふんすと息巻いて言う。

「ってなわけだから、今回の件についてだけは、特別に味方をしてあげる。真友と仲直りするチャンスでもあるしね」

「一応確認だが、今や俺はドスケベ催眠術師の子と周囲に知られている。真友もドスケベ催眠術師の疑惑がかかっている。それを擁護《ようご》するってことは――」

「あたしにかかっているドスケベ催眠術は、『大事なことから逃げないで、向き合える自分になりたい。場の空気に流されないで、自分の思いを言葉にして伝えられるようになりたい』だよ」

俺を遮《さえぎ》り、高麗川は真剣な表情で続ける。

「つまりあたしには、『大事なことに向き合った結果、見捨てる』選択肢もある。『空気に流されずに自分の思いを伝えられる、けど言わない』選択肢もあるの」

「何が言いたい？」

「これがあたしの意志ってこと。催眠……ドスケベ催眠術はただの手段。これはあたしがやりたいからやること。サジ君は偶然それに巻き込まれているだけ。文句ある？」

「……いや、文句はない」

ドスケベ催眠術師とその協力者を擁護するリスク。

対して、やりたいから、後悔したくないから、真友と仲直りできるかもしれないからというリターン。

それらは見合っていない。

非合理だった。

まあ、役立ちそうなので指摘することではないが。

「ただここからあたしができることってないんだよね。真友が犯人の時点でそれをなかったことにはできないし、サジ君の無罪も証明できない」

腕を組み、高麗川《こまがわ》が渋い顔で頭を悩ませる。

「真友《まとも》が本物だって言っても、俺に催眠術をかけられてると思われるだけだったしな」

結局、俺がドスケベ催眠術を使えるという前提がある時点で、何をするにも限界がある。

そもそもあの教室は誰もが片桐《かたぎり》真友という被害者と佐治沙慈《さじさじ》という加害者の構図を疑っていない。ウルトラCでも使わない限り、状況を変えるのは困難を極めるだろう。

「ちなみにサジ君のほうで何か考えってあるの？」

「転校、あるいは退学だな」

「逃げることしか頭にない!?」

「最大幸福を考えれば、俺がいなくなるのが一番だろう」

「いや、粘ろうよ。サジ君みたいのがいるから、今どきの若いもんはすぐ辞めるって社会から揶揄《やゆ》されんだからね？」

「そんなのは個人を見て世代の全てを把握した気になる視野が狭いヤツの戯言《ざれごと》だ」

「その戯言の原因が偉そうにすんな」

高麗川が冷たい視線でこちらを射抜く。

「だが実際、粘ってもいいことなんてない。クラスメイトをひん剝いた罪から逃れたところで、ドスケベ催眠術師の子として忌避《きひ》されるのは目に見えている。だったら逃げるのが最適だろう」

ドスケベ催眠術師の子と知れ渡った時点で、俺はもう負けているのだ。できるのは、被害の少ないうちに撤退することぐらいだ。

「じゃあさ、一応味方として、逃げなくてもいいように、これからの居場所を用意したげる」

「居場所？」

「メディ研に入っちゃいなよ。今、部員が二人しかいなくて廃部の危機だし。で、休み時間とか教室にいづらくなったら部室使いなよ。あたしは別に嫌がったりしないからさ」

「体《てい》のいい部員の頭数集めか」

「サジ君が納得しやすいようにわざわざ利害の一致を明示したあたしの気遣いをわかってほしいんだけど？」

不機嫌そうに、ロリギャルがこちらを見上げる。

授業時間以外を過ごす場所の提供。

悪い話ではない。

仮に今回のことが無罪となろうが、ドスケベ催眠術師の子と露見《ろけん》している以上、嫌われる立場から逃れることはできない。いずれ転校なり退学なりで去るにしても、それまでの期間中に一人になれる場所が手に入るのは助かる。

「もう一人の部員もマッピーだし、反対はしないでしょ」

『真昼間《まひるま》ならどうとでも言いくるめられる』と聞こえるのは俺の気のせいだろうか。

「だから、大したことはできないけど、転校とか退学とか、そういうのやめてよ」

「高麗川《こまがわ》……」

「サジ君がいなくなったら、類友作戦リターンズができないし」

「またやるつもりなのか」

そんな魂胆だろうとは思っていたが。

「わかった。入部の件、ありがたく受けさせてもらう」

ひとまずは様子見だ。行動へ移すのは、被害のレベルを確認してからにするとしよう。

「それじゃあ、真友《まとも》と仲直りして、二人で入部届を持ってきてね」

柏手を打つと、高麗川は先ほどのように圧の強い笑顔を浮かべた。

「は？」

「いやいや、なんで心外そうな顔するかな。サジ君だけ入部してもしょうがないでしょ。むしろ一人なら出禁にしたいくらいだし」

確かに俺一人じゃ仕方がないか。

嫌いと断言されているのだ。善意だけで助けてもらえると思うなんて、甘えだ。

「わかった」

ため息とともに了承すると、そうだ、と高麗川が思い出したように、

「これ、ついでに返しておいて。教室を出る前に拾ったんだけど、サジ君が渡したほうが真友

も喜ぶでしょ」

彼女がポケットから出したのは、いつも真友がつけている髪飾り。

ドスケベ催眠術を使う際、何かしらの形で活用している彼女の商売道具だ。

「……機会があったらな」

一応、預かっておこう。

こうして現状の打開策が何も出てこずに作戦会議は終了し、帰宅の流れへと移行する。

外の様子を確認すると、いつの間にか雨が止んでいた。窓を開けてみても、とりあえず雨粒が落ちる音は聞こえてこない。

まだ降りそうな空模様だが、傘がなくても帰れそうだった。

ここからは俺にとっては余談みたいなこと。

「そういえばさ、サジ君ってどんな催眠術も効かないんだよね？」

「そうだな」

「じゃあ、その、ホームルームでみんなが裸だったとき、正気だったたってことだよね？」

「……そうですね」

何となく敬語になった。

「そのとき、私の裸、見た？」

怒る寸前のような、蔑むような、そんな視線が俺を貫く。

結論としては、見た。

超見た。

ぽよぽよでした。

つるつるでした。

えちえちでした。

実際はそれ以上の奇行が気になって、劣情は何一つ湧いてこなかったのだが。

しかしそれらの感想を正直に話したら変態扱いは必至。

ここは誤魔化《ごまか》して、追及を逃れるのが合理的だろう。

「あまり覚えてないな。それどころじゃなかったし」

「ふーん」

素っ気ない反応。

しまった。失礼だったな。

どうやら回答を間違えたようだ。相手の要求に合わせて訂正しよう。

「悪い、嘘を吐《つ》いた。実はしっかりばっちりと見た」

「え?」

ストレートに言われたからか、たじろぐ高麗川《こまがわ》。

「健康的で非常に魅力的だと思った。若さゆえの弾《はじ》ける肌、大人と子供の中間にある適度に熟した体つきで、しゃぶりつきたくなるような体だった」

危ない、高麗川だって女子だ、見られることに恥ずかしさはあるだろうが、全く興味がないと言われるのは心外だろう。

つまりは自分の体が魅力的なものなのか、男子視点の感想が欲しかったのだ。

「……………か」

高麗川が俯きながら、何かをぶつくさとつぶやく。

何と言ったのだろうか。耳を澄ませてみる。

「皆に犯人として突き出すか、今ここで始末するか、ＳＮＳで社会的な死か」

「申し訳ございませんでした」

俺は流れるような動きで土下座をした。

＊

土日を挟んで月曜日。

休日からずっと真友《まとも》とは連絡がつかず、契約書の附則に記した登校時間になっても、待ち合わせ場所に訪れなかった。

メッセージを送ると、今日は体調不良で休むとだけ返事。

十中八九ずる休みだろうが、俺に彼女を登校させる義務があるわけでもない。

そんなわけで俺は一人学校へ。

先週のことを思うと、きっと酷《ひど》い目に遭《あ》うだろう。

軽く、シミュレーションをしておこう。

まずは下駄箱。上履きがなくなる、あるいは上履きに画鋲《がびょう》が仕込まれているだろう。汚物が仕込まれている可能性も否定はできない。慎重に開けなくては。

続いて廊下。俺を見るたびに誰もがヒソヒソと話して、精神にダメージを与えてくるだろう。あるいは直接的な暴力が振るわれることもあり得る。周囲を警戒しつつも鈍感にいこう。

そして教室。机に落書きや傷がつけられるか、あるいは花瓶が置かれるか。机自体が捨てられることも推測できる。机の中がダメになっていなければいいが。無駄な出費はしたくない。

その他にも汚水をかけられたり、コンパスを刺されたり、服を剝かれて全裸写真がネットに公開されたり。いろんなパターンを想定し、それらへの対処手段をイメージしていく。

完璧だ。

想像して、受け身を取ることができれば、ダメージは最小限に抑えられる。

被害の程度によっては裁判を起こすことも視野に入れ、ボイスレコーダーの準備や教室のどこかに監視カメラを仕込むのも検討しておこう。

なんて思っていたのだが。

「……おかしい」

下駄箱は平和。廊下でも平和。机も椅子もロッカーも平和。

試しに挨拶をすると、目を逸らされてぎこちないながらもちゃんと返事がくる。

こいつら、俺を排除に動かないとか正気か？

ドスケベ催眠術師が近くにいるんだぞ、平和ボケでもしているのか？

いじめや拷問《ごうもん》を受けた際のシミュレーションをしていた俺がバカみたいじゃないか。

それどころか――。

「サジ、先日はすまなかった」

教室で顔を合わせると、大将が申し訳なさそうな顔で俺に頭を下げた。

「自分の推理に酔いしれて、不快な思いをさせてしまった。隠しておきたいことの一つや二つ、誰にでもあることだというのにな。もちろん、お主が悪事を働いた証拠を突き止めたら、改めて糾弾《きゅうだん》させてもらうが、まずは謝らせてほしい」

――このように謝られる始末である。

しかも大将だけでなかった。

「俺はサジがそういうことをする人間とは思ってないぜ」「今回の件は、完全に濡れ衣よね。私にはわかる」「父親がドスケベ催眠術師とか関係ないだろ」「うちの父親なんてエロプロデユーサーだし」「真犯人、絶対に捕まえような！」

男女問わず、結構なクラスメイトがそんな同情、共感の言葉をかけてくる。

ドスケベ催眠術師の子と知られたのに、世界はほとんど変わらない。嫌悪の空気を放つ人もいるけれど、直接的な被害は何もない。むしろ、

「だから金曜日のことは、水に流してくれよな⁉」「わ、私はサジ君の敵じゃないからね⁉ 肉便器とかやめてね⁉」「俺ら、ずっ友だよね⁉」「真犯人、絶対に捕まえような！」「頼む、俺を妊娠させるのはやめてくれ！」

金曜の敵意全開軽蔑ムードはどこに行った。この土日で一体何があったんだ。

もちろん罵倒されないのはいいことなのだが、これはこれでやりづらい。

いったい何が起きたのか。

それを知ることになったのは、休み時間のことだった。


『ドスケベ催眠術師のココがすごい！

その一、老若男女が肉人形、人類の上位存在！

その二、記憶消去、性格改変、透明人間、時間停止、何でもあり！

その三、男でも妊娠待ったなし、すべてが雌奴隷《どれい》になる！

その四、ドスケベ催眠ASMRは最先端のED治療、バイアグラボイス！

その五、これほどエロゲーの主人公に向いている人は居ない！
詳しくは↓のQRコードを読み取ってね★
ドスケベ催眠術師を見かけたら、敵対してはいけません。逆鱗に触れると、急性ドスケベ催眠中毒に陥り、生涯シモの悩みに苦しみます』

なんだこれは。

今朝は被害のシミュレーションに没頭して気づかなかったが、毒々しくて目を引く色合いで作られたポスターが学内各所の掲示板に貼られていた。

学校の掲示板に貼られていいポスターじゃないだろ。

記載されたQRコードを読み取ってみると、過去にドスケベ催眠術師が何をしてきたのかがまとめられている特設サイトに繋《つな》がった。

クラスメイトらの態度が妙に優しく……、いや、媚《こ》びたのはこれの影響か。

排除しようとすることすら危険だと思われたらしい。

誰かが俺を陥れるために作ったのだろうか？

文句の一つでも言ってやろうと、ポスターから制作者の情報を探すも見当たらない。

まあこんなポスターを作ったと知られたくはないだろうし、自然なことではあるが。

「あいつか」

しかしポスター内の情報から、予測がついた。

この単語を知っているのは、学校内には俺と真友《まとも》を除けば二人。あてずっぽうで出てくるものでもないだろう。

二択の内、最もこういうことをしそうなのは……。


放課後。

話を聞こうと思い、俺はメディ研部室を訪れていた。いてくれればいいのだが。

視聴覚準備室の扉をノックすると、どうぞ、と返ってくる。

入ると、ジャージに身を包んだ真昼間《まひるま》がパイプ椅子に腰かけてスマホゲームをしていた。もちろん頭にはネコミミが載せられている。

「あ、お疲れ様です、サジさん」

「あぁ、お疲れ」

挨拶を返し、机を挟んで真昼間の正面の椅子に座る。

「真昼間に聞きたいことがあるんだが」

「何でしょうか?」

聞き返され、掲示板からはぎ取ってきたポスターを机に置いて見せつける。

「これを作ったのは、お前か?」

問い詰めるように、低い声で尋ねた。

対し、真昼間は、

「あ、そうなんですよぉ、自信作です！　これで汚名返上名誉挽回、評判ぬるぬるうなぎのぼりの滝登りですね！」

えへへーっと嬉《うれ》しそうな笑顔。投げたボールを拾ってきた大型犬のようで、褒められたいオーラがビシバシ伝わってくる。

この回答は予想どおりだが、この反応は予想外だ。

「評判を、上げようとしていたのか？」

貶《おとし》めてるようにしか見えなかった。想像の斜め上のいじめじゃなかったのか。

「そうです」

上機嫌に真昼間が笑う。

どうやら勘違いをしているらしい。

「褒めてないが」

「……あ、あれ？　も、もしかして私、また何かやっちゃいました？」

ようやっと俺の雰囲気を感じ取ったのだろうか。

「おかげで変態を超えてやべーやつ扱いだ」

「あ、あれぇ？　あ、や、おろおろ、おろおろ、おろおろおろおろ」

真昼間《まひるま》が右往左往し、口で言い出すレベルでおろおろし始める。こいつ、結構余裕ないか？

「……真昼間まひる、命日、今日、短い人生でした。ハードディスクは物理的に破壊してから処分をお願いします」

「待て待て、早まるな。別に怒っちゃいないし、怒ったところで何もできない」

「で、でもサジさんにまたまたまたまたご迷惑をおかけしましたし」

「迷惑かけた程度で自害するな。図々しく生きてればいいだろ」

「や、優しい……！」

自害されたら、俺が気にしてしまうからやめてほしい。そんな精神的な負担は御免だ。

「俺への直接的な被害もないし、結果的に助けられたしな」

「そ、それは、よかったです」

ほっと胸を撫でおろし、真昼間が安堵《あんど》の表情を浮かべる。

「しかし、どうしてこんなことを？」

「サジさんと真友《まとも》さんが大変なことになっていると高麗川《こまがわ》先輩から聞きまして、今こそご恩を返すとき！　と奮起したんです」

もちろん感謝の気持ちがないということはないだろうが、それにしてもやりすぎだ。

だから、信じきれない。

疑ってしまう。

「それだけか？」

「えっと、あはは、その、秘密です」

真昼間は視線を逸し、乾いた笑いではぐらかした。

秘密、秘密、秘密。

秘密。

俺は以前にも、『秘密』という単語を聞いたことがある。

あれは、確か。

＊

その日の帰宅時、習慣でエントランスの郵便受けを確認する。

ざらざらとした手触りの角2封筒が一通、届いていた。

裏を見ると、差出人は母親。送付元住所は平助《へいすけ》が住んでいたところだ。

リビングで開封して中身を確認すると、母の手書きメモと長4サイズの封筒が一つずつ入っていた。母のメモには、

「平助からの手紙を見つけたので送ります、か」

長4封筒には『沙慈《さじ》君へ』と書かれている。ドスケベ催眠メモリアルで見たのと同じ字体だ。

中を開けてメールで送ればよかったのに。わざわざ紙でやり取りをするなんて、前時代的でしかない。さすが母親、昭和生まれなだけのことはある。

ぼやきつつ自分宛の封筒の中身を取り出すと、一枚の紙が入っているだけだった。

『ビデオレターです』

そんなシンプルな一文とともに、大々的に印刷されたＱＲコード。他には何もない。

書くのが面倒になったのだろうか。これなら本当にデータで送ってくれればよかったのに。

正直、あまり見る気がしない。

しかし、ビデオレターというのだから財産分与的な話と推測できる。

損失が発生するかもしれないと思うと、見ないという選択肢はあり得ない。

スマホでそれを読み取ると、動画共有サービスに繋《つな》がった。

画面には中央に椅子だけが置かれた殺風景な部屋が映し出されて、

『これで、撮れてるかな』

聞き覚えのある声が、スマホの小さいスピーカーから響いた。

やがて一人の男が袖から現れ、画面中央の椅子に腰かけるとカメラ目線に言う。

『こんにちは、未来のサジ君』

俺の知る、初代ドスケベ催眠術師がそこにいた。

整った顔立ちにスモークのかかったサングラス。

やたらと色気のある低い声色。

ダークカラーのスーツに身を包み、暖色のネクタイが映えている。

しかし最も特徴的なのは、穏やかな雰囲気。溢《あふ》れんばかりの善人オーラ。目の前にしたら心の内をさらけ出してしまいそうな安心感と、発する言葉全てをつい信じてしまいそうな真摯《しんし》さ、そんな空気を漂わせている。悪く言うなら、壺を売りつけるのがうまそうな感じだ。

『いろいろと話したいことはあるんだけど』

「早送り、と」

面倒なので、再生速度を1．75倍にして前置きをちゃちゃっと流す。気になるところがあれば、あとからもう一回見ればいいのだ。これができるから動画は良い、全ての授業はオンデマンド授業になるべき。

高速で流れる音の中に気になるフレーズが出てきたので、動画の再生速度を通常に戻して少し巻き戻す。

『僕は君に催眠術をかけた。とても、とても強い催眠術だ』

例の『_(._.)_ｺﾞﾒﾝﾈ…』のやつだと直感する。

『これはその催眠術を解くための動画になる』

一瞬、息を呑む。『そんな簡単に?』という思いと、『動画で解けるものなのか?』という疑問とともに。

『ま、結局はサジ君の置かれている状況次第だけどね。だから、解けるといいなぁ……』

画面の向こうで平助《へいすけ》がたははと力なく笑う。

所詮は解除のきっかけ、解けるかどうかは俺の受け取り方次第と言いたいのだろう。

真友《まとも》も言っていたな、催眠術の解除は受け手の認識に依存すると。

『最初にどんな催眠術をかけたかを話すから、それを聞いたうえで、解かないほうがいいと思ったら途中で止めてほしい』

無意識のうちに、手が汗を握っていた。心臓もゆっくりと、されど大きく脈を刻む。

想像していた話ではなかったが、聞き逃せる話でもない。

柄にもなく緊張しているようだ。

軽く深呼吸をして、続きに耳を傾ける。

『僕がサジ君にかけた催眠術は、利己的で周りを気にしない合理主義な人間になることだ。並外れた合理性。それこそが君を救うものだと信じて、植えつけた』

ストン、と。何一つ疑うことなく、その言葉には納得がいった。

そこから語られた経緯はこうである。

覚えているとおり、俺はドスケベ催眠術師の子であることを原因に酷《ひど》い目に遭《あ》って、苦しんでいた。

平助は、そんな俺を苦しみから解放しようとしたのだ。

しかし周囲の記憶を弄って対処しようにも、ネットの波に乗って拡散されすぎていた。人の記憶を消したところで、記録からはなくならない。遅すぎたのだ。

そこで平助は、わが子にドスケベ催眠術を施すことにした。

目論見《もくろみ》は成功し、俺は合理的に自分を苦しめる要因を取り除き、苦しみから解放され、平穏な日々をつかみ取った。

『そうしたら諸悪の根源って感じで僕のほうが排除されたんだけどね』

自虐しながらたははと笑う。まるで子供の駄々を見守る、親のような。

『催眠術の解除条件は、サジ君が僕を許すことだ』

こいつを、許す？

……そんなことはありえない。

だってドスケベ催眠術師は嫌われ者で、ドスケベ催眠術師の子はその影響で酷い目に遭うものだから。

事実、酷い目に遭ってきたのだから。

その前提は、崩れない。

その合理は、崩れてはいけない。

だって、もしもそれが変わってしまったら。

変えられるものだったなら。

『だから僕は、これからドスケベ催眠術師が良いものだと世間に認識させるつもりだ。人々を上質な変態《ドスケベニュータイプ》へ覚醒させるのもやめる。淫夢も売らないし、女子高生にもオギャらない。サジ君がドスケベ催眠術師の子であることを誇れるように人を救うことに努める。正義のドスケベ催眠術師になる。性技じゃないよ、正義だよ？』

なんとバカで、無茶で、無謀な決意だろうか。

『そうやって、君がドスケベ催眠術師の子だって胸を張れるようにするんだ。よーしパパ、ドスケベで世界を変えちゃうぞぉ……なんてね』

ドスケベ催眠術師の子が救われるには、ドスケベ催眠術師が周囲に受け入れられるしかない。だからあの男はドスケベ催眠術師のまま、その名にそぐわない活動を始めたのだ。刻まれた傷はなくせないから、その傷の意味を変えようとしたのだ。

ということは、真友《まとも》がドスケベ催眠術師の名にこだわったのも、結局は……。

『ま、とはいえ世の中、何が起こるかわからない。ほら、僕って超イケメンだし』

弟子が弟子なら師匠も師匠だな。

『人の恨みを買うこともいろいろしてきたしね。淫夢の価格競争で同業を潰《つぶ》して回ったり、ヌーディストに服を着せたり、痴漢と縄張り争いをしたり』

というわけで、と平助《へいすけ》は続ける。

『志半ばで死んだときのためにメッセージを残しておくよ。本当は世界を変えてから直接言いたかったけど、いざという時のために、ね』

言葉が区切られ、平助がサングラスを外す。

画面の向こうで、男が泣きそうな顔をしていた。

『サジ君。ごめんね』

頭が下げられる。

ただの謝罪。

『あの作文のとき、バカみたいなことを話させちゃって、ごめん。普通の仕事をしていなくて、ごめん。辛《つら》いときに変な方法でしか助けてやれなくて、助けてないかもだけど、変な対処しかできなくて、ごめん』

次々と平助が謝罪の言葉を述べていく。どれだけ負い目あるんだと思うぐらい、次々と。

『本当ならあの教室で、君を含めて記憶を消して、全部なかったことにするべきだったんだ』

しかし、ダメだ。

『でも、君にもらった言葉が嬉《うれ》しくて、あの出来事をなかったことにはしたくなかった。僕がこの喜びにすがって、躊躇《ためら》ったせいで、こんなことになってしまった』

動画を止めるべきだ。

この先を見てはいけない。

根づいた思想がガンガンと警鐘《けいしょう》を鳴らす。

続きを見るのは合理的ではないと、心臓を叩く。

『だから、もう遅いかもしれないけど、ドスケベ催眠術師は変わる、僕が変える。君が許せるような存在に、してみせる』

なのに俺は、動画から目が離せない。

『ドスケベ催眠術師の子であることに、胸を張れる世界を作る』

自分の根底にあるものが、ガラガラと崩れていって、

『昔みたいに、君と仲良くしたいから、また家族になりたいから』

奥に眠っていた感情に気づいてしまう。

『直接言えなくて、ごめんね』

動画の途中だが、スマホをテーブルに置いた。

「…………はぁ」

ため息をつき、冷蔵庫から取り出した麦茶をグラスに注ぎ、氷をぶち込んで、キンキンに冷えたそれを一口飲んで、乾いた喉を潤す。

「バカだな」

今更、何を言っているんだ。

お前の子供ってだけで、今までどんな苦労をしてきたと思っているんだ。

ドスケベ催眠術師の子なんて、不名誉にも程がある。

でも。

それでも。

嫌いたいなんて言ってない。

利己的になりたいとか、合理的になりたいなんて、言ってない。

なのに勝手に全部決めて、勝手にドスケベ催眠術かけて、勝手に解決したつもりで。

自分のエゴで全部どうにかしようとして。

「……ふ」

失笑が漏れた。真昼間《まひるま》にどんなドスケベ催眠術をかけるかを話しているとき、俺もまた相手の言葉をちゃんと聞かずに対処するような提案をしたのを思い出した。

「親子だな」

だから真友《まとも》はドスケベ催眠活動で、依頼人の要望をちゃんと聞くようにしているのだ。

あれは責任逃れのためじゃない。

平助《へいすけ》の教えかどうかは知らないが、かつての過ちを繰り返さないようにしていたのだ。

音が聞こえなくなり、スマホを見る。

いつの間にか動画は終わっていた。

「俺も話したいこと、いっぱいあったよ」

小さくため息が漏れる。

からり、と。
温暖な気候で溶けた氷とガラスがぶつかる音がした。
冷たい麦茶の注がれたグラスには小粒の結露が浮かび上がっている。
それが表面をつーっと伝い落ちるのは、まるで誰かの代わりに泣いているようで。
「いや、ただの化学現象だ」
俺は薄く笑うと、もう一度、動画を再生した。

5章　かけぬけ★催眠スパーキング！

俺にかかっていた催眠術が解けた。

そうでなければ、同じ動画を何回も見返すという時間の無駄遣いをするわけがない。

すなわち、俺が平助《へいすけ》を許したということになる。

別に許したつもりはないのだが、事実として起こっていることは認めなければならない。

……まあいろいろと、手は尽くしてくれたみたいだし、そういうことにしておこう。

ともあれ、これで俺は徹底的なまでの合理主義ではなくなった、はずなのだが、

「何が変わったんだ？」

正直、許す許さない以上に、こちらのほうが実感がない。

原因はわかっている。

植えつけられた仮初《かりそめ》の合理主義が、経験と記憶によってばっちりと根を張ってしまったのだ。

ただ、確かに変わったものは存在する。

平助を許したということになっているからだろう、俺の中にあるドスケベ催眠術師への抵抗感というか拒否感というか、そういうのがかなり薄まっていた。

他に変わったものといえば、

「契約が切れるな」

両者の催眠術が解除されたので真友《まとも》との協力関係がばっちり終了となる。

つまりはもう関わる必要ナッシングなのでは？

合理的な結論が出たね、はい放置。やったねいえい、ダブルピースちょきちょき！

……とはいかない。

「ドスケベ催眠術師扱いされたままにしておけるか」

俺の置かれている状況は何一つ変わっていないのだ。どうにかしなければ。

それに、あれだ。

真友のことを放置するのも、気が引ける。

巻き込まれて被害も受けたが、俺はあいつに感謝をしているのだ。

平助《へいすけ》のドスケベ催眠活動は自分がやらかしたことの精算、つまりは俺にぶっかけた泥を洗い落とすというマッチポンプだった。

対して真友のドスケベ催眠活動は、優秀なドスケベ催眠術師になりたいという向上心によるもの。しかしその向上心自体が平助のドスケベ催眠活動で植えつけられたものだった。

つまり根本を辿れば真友のしてきたドスケベ催眠活動は、俺のためということになる。

たとえ、催眠術によるものだったとしても、
そして俺は恩知らずではない。借りを作りっぱなしというのは精神的な負担となるので、必

ず解消するようにしている。

　というわけで早速、真友に電話をかけることに。

　プルプルプルーッと三回ほど着信音がした後、ブツッとつながる音。

『何か用？』

「今日休みだったから、体調はどうかと思ってな」

『普通』

　声に抑揚《よくよう》はない。いつもどおりといえばいつもどおり。

　とはいえ、話をしたくない雰囲気が電話口にもひしひしと感じられた。

「少し話がしたいんだが、今から会えないか？」

『体調不良だから休んでいる。電話じゃダメ？』

　体調は普通じゃなかったのか？

「書いてほしいものがある。入部届なんだが」

『……何ぞ？』

「高麗川《こまがわ》からの提案だ。学校に居場所のない俺たちに安寧《あんねい》の地を与えてくれるらしい」

　俺は高麗川の提案や真昼間《まひるま》の奇行を伝えた。

　それは真友の興味を引きつけるものだったらしい。

『わかった。一時間、待ってて』

「体調不良なんだろ？　俺が行ってもいいが」

『どさくさに紛れて女の子の部屋に入ろうとするなんて、サジはえっちまんだ』

「……えっちまん言うな。待ってるからな、ちゃんと来いよ」

通話が切れると、小さくため息をついた。

とりあえず取りつく島もないということはなさそうだ。

真友《まとも》が来るまでの時間、俺はあいつをどう説得したものかと思考を巡らせた。


それからちょうど一時間後、真友が訪れる。

「悪いな、体調が悪いのに来てもらって」

「構わない」

真友は以前と同じく、リビングのローテーブル前に小さく座っていた。

なお、学校を休んでいたからか私服で、動きやすいジャージと短パンを着用している。制服と違って体のラインが出る恰好で、細いという感想を改めて抱く。

「サジ、何か失礼なことを考えてる」

「多分、失礼なことではないと思うが。細身だな、と」

「オブラートに言っても無駄。一部分だけ細いとか、胸部装甲が薄いとか考えてる」

完全な被害妄想じゃねえか。

「早速だが、入部届を頼む。お前が入らないと俺も入部させないと言うもんでな」

「なるほど、類《るい》は海老で鯛を釣るつもり」

「誰が海老だ」

言い返しつつ、俺は用意しておいた用紙とペンをテーブルに置いて渡す。

受け取ると、真友は黙ってさらさらと必要事項を記入していく。

そうして入部届を書く時間を利用し、俺は本題を告げる。

「急な話で申し訳ないが、俺にかかっていた催眠術が解けた」

ぴたりと、ペンを動かす手が止まる。

「なんて？」

「だから、俺にかかっていた催眠術が解けた。平助《へいすけ》のことは水に流すことにしたんだ」

スマホを取り出し、平助の動画のリンクを送る。

それの冒頭を見ると、真友は淡白に言う。

「ついに、知ったんだね」

「知っていたのか？」

「当然。初めて会ったとき、言ったはず。いろいろ聞かされていた、と」

「真友は、ドスケベ催眠活動が俺のためのものだったと知っていたんだな」

真昼間は、学校であそこまでした理由を『秘密』とはぐらかした。

以前、真友《まとも》は真昼間《まひるま》にドスケベ催眠術をかけた報酬を『秘密』と言ってはぐらかした。

これらはイコールだったのだ。

さらにここに、ドスケベ催眠活動による人助けの目的が世界を変えること、という情報が交ざると、全部が繋《つな》がる。

真友はドスケベ催眠術師の評判を上げようと、報酬として宣伝活動を要求していたのだ。ドスケベ催眠術師の子のために。

「勘違いしないで。サジのためじゃない、全部私自身のため。元々、私は自分にかかった催眠術を解くことにしか興味はなかった。サジのことはどうでもよかった。サジにかかった催眠術は、私がドスケベ催眠術を極める副産物として解ければそれでいい、その程度の認識だった」

「だが、ドスケベ催眠術師としての向上心さえ、平助《へいすけ》が植えつけたものだった」

真友は最初から最後まで、俺と平助によって歪められてきたのだ。

「師匠が私を助けるためにしたこと。それについては受け入れている。師匠に会わなかったら、多分、ロクな生き方をしていない」

ドスケベ催眠術師はロクな生き方らしい。

「それにしても、動画一本であっさり解けるとは……。こんなクソザコナメクジなら、師匠も動画を残したりする前に、さっさと会えばよかったのに」

「俺がチョロいみたいな言い方するな」

実際謝られたら、コロッと許してしまったのだろうか。……いや、そんなことはないはずだ。

「というか、知っていたなら言ってくれればよかったのに」

「伝えたところで意味はない。サジが評判の変化を感じ取る必要があった」

言われて、納得する。俺があのビデオレターを受け入れられたのは、ドスケベ催眠術師の子と知られながらも酷《ひど》い目に遭《あ》わなかったからだ。

それを知る前にドスケベ催眠活動の真意を知ったところで、素直に受け入れなかっただろう。

「とりあえず催眠術解除、おめでとう」

ぱちぱちという小さな拍手とともに、祝っている感じのない平坦な声色で言われる。

「おかげさまでな。これで契約も終わりか」

「ううん。まだあの契約四条の効力が、残ってる」

契約四条。俺がドスケベ催眠術師の子だとバレる原因を真友が作った場合、真友はその事態を収拾する必要があるというものだ。

「だから、助けなきゃって、どうにかしなきゃって、サジがドスケベ催眠術師の子だって問い詰められたときからずっと考えてる。今日も、どうすればそれができるのか、考えてた」

「何かいい方法は思いついたか？」

「何にも。ドスケベ催眠イップスを発症している私はかわいいだけで無力」

今の状態にそんな命名をしていたのか。こいつに関わると全てに『ドスケベ催眠』って接頭語がつくな。

ともあれ、思いついていないならちょうどいい。

「なら契約を終わらせる方法を教えてやる」

「怪しい」

心外だ。秒で疑われた。

「サジが自分の利益を捨てて契約を反故《ほご》にするようなことをあっさり言うとは思えない。それこそ非合理的。何か裏があるに違いない」

「確かに今回ばかりは、合理的じゃないか」

「嘘……」

あまりにも意外だったのか、口をポケッと開け、目を丸くして驚かれる。

「本当に頭、大丈夫？　ご飯食べた？　熱ない？」

優しい表情で、健康状態まで心配されてしまった。

「催眠術が解けたんだ。それぐらい、ありえるだろ」

「確かに解けてるなら、もしかしたら、ギリギリ、万が一、ありえるかもしれない……？」

信用ないな。これも自業自得か。

まあいい。契約を解く方法を伝えるとしよう。

「二代目ドスケベ催眠術師であることを取り消せ」

「え？」

再び驚いた表情。

「あの契約は二代目ドスケベ催眠術師の片桐真友《かたぎりまとも》と結んだものだ。最初から騙《だま》されてドスケベ催眠術師をしていたのなら、あの契約自体がそもそも無効になるはずだ。四条の効果もな」

これで残るのは俺がやベーやつ扱いされている現状だけ。

それぐらいなら一人でも対処できる。

平助《へいすけ》にかけられた催眠術は解けてしまっているが、この合理主義はもう俺の一部だ。体に染みついたように考えて、染みついたように行動すればいい。

「それは、嫌だ」

しかし、真友はかぶりを振る。

「私は、まだ、やりたい。ドスケベ催眠術師でいたい」

「無理はするな」

「無理じゃない。これは私の意志。騙されてなんていない」

「違う。それは平助が植えつけた偽物だ」

「それでも、私は力を持った。人を助けることで喜ぶ人を見た。素晴らしさを知った。確かに最初は偽物だったかもしれないけど、今の私の中には、ドスケベ催眠術師としての誇りがある。この思いは、絶対に本物だ」

あぁ、そうか。

俺と同じく、根づいて、変わってしまったのだ。

ドスケベ催眠道を極める自分が当たり前として根づいてしまっている。

「それに私が撤回したら、サジはきっと雲隠れする」

「どうかな」

「絶対逃げる。サジはそういう人間。ゴールドバックラー」

その点はかなり厚く信頼されているようだ。

「だから私は、二代目ドスケベ催眠術師であることを、やめない。やめたくない」

片桐《かたぎり》真友《まとも》は、継続の意志を示した。

「でも力を使うのは、怖い。……また、なくしてしまうかもと思うと、動けなくなる」

催眠術で大切な人をなくしてしまった過去がなくなることはない。いつまでも楔《くさび》として彼女の心に残り続けるだろう。

つまり、やる気はある、しかし怖い。それが今の真友の状況だ。

ならば、俺がすることは決まっている。

彼女をドスケベ催眠術師として復活させることだ。

そのために必要なことは何だろうか。

そもそも、彼女からドスケベ催眠術師としての技術がなくなったわけじゃない。

ただ、恐怖心から力が使えなくなってしまっているだけだ。

ならば、その恐怖心を払拭《ふっしょく》すればいい。

ドスケベ催眠術を使っても何もなくさないと、使っても大丈夫だと、確信させればいい。

そんなことができるのだろうか？

――できる。

それっぽい理由をこじつけるのは得意だ。

ずっとそうしてきたんだ。できないわけがない。

この体に、口先に、脳みそに染みついているとおりに。

ドスケベ催眠術師の子《合理的に》らしくやればいい。

「お前のその恐怖は、杞憂《きゆう》だ」

最初に結論を告げ、間髪入れずにその理由を続ける。

「今の真友は、当時とは違う。平助《へいすけ》が認めた二代目ドスケベ催眠術師なんだ、そもそもそんな失敗しないだろ？」

「確かに、そうだけど」

根拠として実例を提示する。

「事実として、一緒にドスケベ催眠活動をしているときに失敗は一度もなかったはずだ」

「でも、それは失敗した恐怖を忘れていただけで」

「だったら、催眠術は俺がいるときだけ使えばいい」

「サジがいるとき？」

「いざとなれば俺がどうにかしてみせるさ。なにせ、催眠術の効かない人間だからな」

「何をやらかしても、責任はサジが取ってくれる……」

「そこまでは言ってない」

拡大解釈が酷《ひど》すぎる。

ドスケベ催眠術が暴走しそうになったら止めるだけだからね？

ともあれ、まとめに入る。

「だから、恐れることはない。安心して、その力を使えばいい」

結論、理由、具体例、再び結論。みんな大好きプレップ法。社会人御用達《ごようたし》の基本話術である。

納得できる理屈だとは思うが、どうだろうか。

「一つ、聞かせてほしい」

真友《まとも》は感情の読めない表情を浮かべ、大きな瞳でこちらを見つめてくる。

「何だ？」

「結局、サジは私のことをどう思っている？」

あのときの問いの再来だ。

これまでの観点だけの答えなら、価値はない。困ったときのウルトラCなドスケベ催眠マシンなのに、今はそれすらできない役立たず。顔が良いだけのトラブルメイカー。濡れ衣を着せてきて、切り捨てることさえできない頭痛の種。

でも、催眠術の解けた、新しい視点を得た俺の答えは、

「知らないな」

「その返答は、雑。再思考を要求する」

「そういうのを判断する段階に、俺は至ってない」

望む答えを言ってやることはできる。

友達とか、バディとか、協力相手とか。

でも、それは言葉をなぞるだけにしかならない。

なぜなら、俺が真友のことをよく知らないから。

これまで損得や合理性でしか人を見てこなかったツケだ。まあ俺のせいじゃないけど。全ては『合理主義者になあれ』という催眠術をかけた初代ドスケベ催眠術師が悪い。

「言えることがあるとすれば、一つだ」

「一つ？」

「俺に平助《へいすけ》を許させてくれたことを感謝している」

そうだ、タイミングはちょっとアレだが、言っておくとしよう。

「ありがとうございます、二代目ドスケベ催眠術師」

膝に手をついて、俺は頭を深々と下げた。

頭を上げて続ける。

「これが、俺から言える唯一のことだ」

それ以上のことは最初に伝えたとおり、わからない。

だからこれから彼女を知って、自分を知って、その形を知っていきたい。

「はぁ……」

真友《まとも》は困ったように深くため息を吐くと、ジャッジャと入部届の空白部分を埋めていく。

そして全部を記入すると、スッと立ち上がった。

「それじゃあサジ、用事は終わったから、今日は帰る」

しまった。

俺の催眠術の話で時間をかけすぎた。

学校の話がまだ終わっていない。時間を稼がなければ。

「不備がないか確認するから、それまで待て」

「早くして。私はとても忙しい」

ため息とともに真友が再度腰を下ろし、テーブルに肘をついてだらけて待つ。

「まだ？　早く帰って部屋を掃除したいのに」

部屋掃除に負けた。

しかしここは時間稼ぎをするためにも、その話題に乗らせてもらおう。

「部屋掃除って、汚部屋なのか？　あぁ、だから部屋に入れるの嫌がったのか」

部屋が汚くても無頓着《むとんちゃく》そうだし、こいつ。

そんな俺の挑発に、真友は綺麗に乗ってきた。

「違う。探し物。なくしものが見つからない」

ムッと言われ、思い至る。そういえば、こいつの私物を預かっていた。

「もしかして、なくしものってこれか？」

高麗川《こまがわ》から預かった髪飾りをポケットから取り出してみせる。

「返して」

すると真友は過去一番に俊敏な動きでそれを奪い取った。

「いつ盗ったの？　下着泥棒なの？」

盗ってねえし、下着でもねえだろ。

どうして最初にその発想になるんだ。

「高麗川が拾って、入部届と一緒に預けられただけだ」

「なるほど」

真友は髪留めを見慣れた位置に装着する。

「それないとバランス悪いだろ」

「触角じゃないから」

言いながら、キンと小さく弾《はじ》く。

「っ」

その音で彼女の考えが、これからどうするのか、わかった。

わかってしまった。

「入部届、問題なさそうだ」

「それじゃあサジ、掃除の予定もなくなったし、私は明日に備えてたくさん眠る。サジも今日は安らかに眠ると良い」

「それ、俺死んでないか？」

「冗談、また明日。じゃね」

「……あぁ、また明日」

片桐《かたぎり》真友《まとも》は、来た時よりも軽やかな足取りで我が家を後にした。

そうして一人になっても、肌にはビリビリとした感覚が残り続けていた。

俺は『これ』を、知っている。

＊

翌朝。

少し遅れて登校するから先に行くようにと、真友《まとも》から連絡があった。

そもそも一緒に登校することを定めた契約自体は終了しているのでもう一緒に登校する必要はないのだが、彼女にとってはもうそれがデフォルトらしい。

教室に着くと、俺の扱いは昨日に引き続き、関わってはいけないやべーやつ。

何事もなく時間は過ぎてゆき、やがてキンコンカンコンとチャイムが鳴り、担任が登場。

いつものぽやや～と綿飴みたいな口調で連絡事項が述べられる。

と、そんな話の途中で、教室の前の扉が開かれた。

「遅刻なう。おはよう」

いつものどおりの無表情を浮かべた、片桐《かたぎり》真友の登場である。

「片桐さん、大丈夫なの？」

昨日休みだったからか、担任が心配の声をかける。

「もう大丈夫。元気いっぱい。遅刻して申し訳ない」

真友が軽く会釈。申し訳ないとは、絶対に思っていないだろう。

それからその場で体の向きを変え、教室を見渡す。

転校してきた日と同じシチュエーションだった。

「真友ちゃんー！」「よかったよかった」「この前のこともあったからめっちゃ心配した！」「も

う大丈夫なの？」「待ってたぜぇ、この瞬間をよぉ！」

浮足立つ教室。

しかし真友は静かな表情のまま、教室のちょうど角のほうにいる俺に視線を送り、誰にも聞こえない声で言う。

大丈夫、と。

直後だ。

――キン、と。

髪飾りの金属音が高らかに鳴る。

それはざわつく教室を一瞬にして静寂に包んだ。

意識を向けさせられ、誰もが片桐真友から目を離せない。

刹那、彼女の目が妖しく光る。

「ドスケベ催眠四十八手――虚乳力学《きよにゅうりきがく》！」

よく通る真友の声が教室に響いた。

そして俺は、自分の体にゾワゾワと鳥肌が走るのを覚える。

どうやら成功したらしい。

とはいえ何が起きたのかは不明。

「今の、何？」「どすけ、え？」

それは他のクラスメイトらも同様だったようで、急に静まったことや真友《まとも》の叫びなどにただただ困惑を浮かべる。

しかし、効果はすぐに表れた。

「何、これ～？」

最初に、立っていた担任が膝をついた。

「先生、だいじょ……!?」

続いて、それを心配して立ち上がった最前列の生徒がふらつき、尻餅をつく。

その流れで次々と生徒たちが倒れ、地に伏していく。

イスに座っていることすらままならず、その場に崩れ落ちていく。

「これ、どうなってんだよ！」「え、立てないんだけど!?」「救急車、呼んで!?」「世界が歪んでいる」「私、これからどうなっちゃうの～？」

突如行われたドスケベ催眠テロリズム。

教室を包み込む阿鼻叫喚。

「絶景絶景。人が地に伏すのは見てて気持ちがいい。とても元気が出る光景。ざまあ」

壇上に立つドスケベ催眠術師はその酸鼻極まる状況をフンスとドヤ顔で眺めていた。前世が魔王だったのかと疑いたくなる悪逆さである。

そんな中、無事なのは三人だけ。

一人は諸悪の根源片桐《かたぎり》真友。もう一人はあらゆる催眠術の効かない俺。もう一人は、

「ちょ、ちょっと何なのコレ!?」

高麗川《こまがわ》だ。倒れる人を踏まないよう慎重に地獄絵図の中を進み、教壇の真友に詰め寄った。

「これ、あんたの仕業でしょ!?」

「類《るい》」

「な、何よ？」

呼ばれてたじろぐ高麗川を、真友はじっと見つめ、

「ごめん」

以前のように体に手を回し、キュッと抱きしめるのだった。

「え、ちょ、真友!?」

驚きからか、経験からか、高麗川は慌てたように身をすくませる。

かけられるのは、柔らかい声色。

「思い出したよ、るいるい」

「っ!?」

唐突に訪れた裁定のときに、高麗川が息を飲む。

「元気なるいるい、友達いっぱいのるいるい、いつも笑顔のるいるい」

「真友、思い出したんだ」

「私から目をそむけたるいるい、ずるい子るいるい。スーパー風見鶏るいるい」

「……うん、そうだよ」

「責めてるわけじゃない」

いや、スーパー風見鶏は責めてるだろ。

真友《まとも》は同じトーンで続ける。

「ただ、仲直りはできない」

「そっか……」

望みとは異なる結末に、高麗川《こまがわ》が落胆を示す。

「でも類《るい》は悪くない」

「え？」

「私が人を人と思えない。こうして触れていても肉人形としか思えない。類のせいじゃない、私のせい。ごめんね」

淡々と告げられる謝罪。それは優しげな口調なのに、どこか悲しそうにも聞こえる。

「今はサジぐらいしか友達に思えない」

高麗川のキッときつい視線が俺に向けられた。いや、俺悪くなくない？

真友の言葉は続く。

「だから、待っていて。いつか、絶対に言うから」

目元に涙をためた高麗川《こまがわ》が真友《まとも》の背中に手を回す。

いやー、ＪＫ二人が抱き合って、仲直りする約束をした。これは良い百合。めでたしめでたし。良かったなぁ。

教室で他の生徒が頭を抱えて悶《もだ》え苦しんでいる惨状でなければもっと良かった。

「って、そんなこと言ってる場合じゃなかった！　場違い甚だしい！」

高麗川も思い出したように真友の肩を掴《つか》んで距離をとり、ガクガクと揺らしながら恐れ知らずのツッコミを入れた。

「これ、どうにかしなさいよ！　ていうかあんた何したの!?」

「やめて、類《るい》。胸がぶるんぶるん揺れて痛い」

「虚乳なんだから揺れるわけないでしょ！」

「今、私と類の間に壁が生まれた」

元々壁では？

「これは虚乳力学《きょにゅうりきがく》。ドスケベ催眠術の一つ。対象の平衡《へいこう》感覚を失わせる技。平衡感覚欠如プレイや戦闘の際に用いられる非常に攻撃的なドスケベ催眠術。それを教室にいる全生徒にかけた」

どんなプレイだ。そして戦闘の際ってなんだ。そんな時ないだろ。

しかし、ここで疑問が一つ。

「教室の全生徒って、サジ君はともかくあたしにはかかってないじゃん。手抜き工事なの？」

「類は最初から解除条件を満たしてたから」

「解除条件？」

頭にクエスチョンマークを浮かべる高麗川の手をどけると、真友は教室全体のほうへ体を向け、よく通る声で言い放つ。

「このドスケベ催眠術は、私がドスケベ催眠術師だと認めることで解除される」

なるほど、そういう理屈か。

高麗川に効果がなかったのは俺のようにそれ自体を避けたからではなく、催眠術を受けたうえで、最初から解除条件を満たしていたからというわけか。

真友は大きく息を吸い込み、さらに言い聞かせるように言葉を紡ぐ。

「ドスケベ催眠術師は私」

淡々とした口調、だけど、力強く。

「それを認めて」

無表情だけど、怒っているようで、悲しむようで、誇るようで。

「その賛辞も、非難も、軽蔑も、すべて私のもの」

記憶をなくして、なかったことにもできたはずなのに、そうはしない。

全てをなかったことにするのではなく、全てを背負うように。

「サジは違う」

「私が、片桐真友《かたぎりまとも》こそがドスケベ催眠術師だ」

そんな叫びに呼応するようにして、少しずつクラスメイトたちが正気を取り戻していく。

結局、全員が回復するまで十五分程度。

つまりこの十五分で教室の誰もが彼女をドスケベ催眠術師だと認めたということで。

「あれも、真友ちゃんがしたってことですの？」

それは彼女の新しい日々の始まりと、

「ではサジは、真実を語っていたというのか？」

俺の潔白が証明されたことを意味していた。

そうして困惑漂う面々に、俺は非合理にも叫ぶのだった。

「だから言っただろ、バーカ！」

エピローグ　ドスケベ催眠術師の子

その後の出来事を語ろう。

まず、片桐真友の人気はすっかりと衰えた。これまで親しくしていたクラスの人たちも、あのドスケベ催眠術を見せられたらさすがに擁護《ようご》できなかったらしい。真昼間《まひるま》の広めたドスケベ催眠術師の評判もまるまる彼女のものとなったので、ここ数日俺が受けていたのと同じ扱い──関わったらやべーやつ扱いを受けている。もはや教師ですら触れるのをためらうレベルだ。

そんなやべーやつ相手でも高麗川類《こまがわるい》は、肉人形と言われながらも普通に接している。これに関しては心の広さに脱帽、やはり胸の大きさと性格の悪さは比例しない。さすこま。

そして俺、佐治沙慈《さじさじ》の扱いについては、あまり変わっていない。

積極的に嫌ったり避けたりすることはないが、皆、関わりにくそうにしている。

そりゃそうだ、悪いヤツだと決めつけていたのに、ドスケベ催眠術師の子という怪しいだけで何の力もないパンピーだったのだから。

ただしそういった態度をとる理由は罪悪感や気まずさといったもののようなので、今後の俺の対応次第では改善していくだろう。

ただしそうはならないだろう理由が一つ。

隣のドスケベ催眠術師だ。

こいつが睨《にら》みを利かせてずっと横にいるもんだから、それを恐れて誰も近寄ってこないのだ。ドスケベ上手の片桐《かたぎり》さん、勘弁してほしい。

最後に真昼間《まひるま》まひる。まだ趣味友はできていない、以上。

さて、これらの顚末《てんまつ》から、多くの人が疑問に思ったことだろう。

もちろん俺もだ。

というわけでドスケベ催眠術が皆に披露《ひろう》された日の昼休み。

例のごとく屋上で一緒に弁当を食べた際、その疑問について聞いてみた。

「どうして、なかったことにしなかったんだ?」

彼女が本気で力を使えば、クラスメイトから狂乱全裸祭やドスケベ催眠術師に関する記憶を忘れさせて、今回の件を全てなかったことにできたはず。高麗川《こまがわ》にしたみたいに。

「その必要性を感じなかった」

「でも、疎《うと》まれたり嫌われたり、いろいろと大変だろ?」

「それはサジ」

「人を疎まれ者の嫌われ者扱いするな」

「間違えた。それは些事《さじ》」

気にするようなことではないと言いたいらしい。まったく紛らわしいな。しかしよくある間違いなので、サジがサジというサジにサジを投げることにする。なんだこの怪文、意味の取り方豊富そう。

「そもそも、ドスケベ催眠術師が隠すべき存在という考え自体が間違っている。知られても何の問題もない、立派な職業だ」

「どう考えても隠すべき存在だろ。恥を知れ恥を」

その存在を拒絶はしないが、積極的に知らしめるというのはどうかと思う。

催眠術師ってだけで胡散臭《うさんくさ》いのに、そこにドスケベとかついたらもう。

検索エンジンも有害コンテンツ認定するレベルだ。

「でも、名乗っていかないと世界は変わらない」

「もう変える必要ないだろ」

俺にかかっていた催眠術はもう解けている。平助《へいすけ》が意図して使い続けたドスケベ催眠術師という言葉は、十分にその意味を果たした。これ以上、ドスケベ催眠術師が受け入れられる世界を作る理由はないのだ。

あとはひっそりと、静かに消えていけばいいのに。

「サジは自己中。何もわかっていない」

「急になんだ」

「これは私のため。私がドスケベ催眠術師として師匠を超えるのに必要なこと。私は、あの人に勝ちたい」

「でもそれ、平助《へいすけ》の植えつけたものだろ。わざわざ続けなくてもいいんじゃないか？」

「構わない。言ったはず、知られても何の問題もない、立派な職業だと。仮に最初は植えつけられたものだったかもしれないけど、今はもう私の意志だ。私は今でも、最高のドスケベ催眠術師になりたい」

不思議だ。

以前のように、超える必要性を全く感じないという感想を抱かなかった。

「しかし私はサジに見られていないと、満足にドスケベできない体になってしまった」

おいおい、何か急にやべーことを言い出したんだが。ドスケベ催眠術師だけでは飽き足らず、特殊性癖にも目覚めたか？

「だからサジには責任を取って、これから私がドスケベをする手伝いをしてほしい。え、OK？　やったね。ということで、これからもよろしく」

「何も言ってないが？」

言葉のマシンガンはやめてくんねえかな。おいおい、言葉のキャッチボールをしようぜ。

そんな俺の態度を見てか、真友《まとも》は咳払いの後、順を追って述べる。

「私は今、サジに見られていないと不安でドスケベ催眠術が使えなくなってしまっている」

要するに、トラウマはまだぬぐい切れないという話だ。

あのときの説得に効果はあったが、それが新たな枷《かせ》となってしまったらしい。

「また一人でもドスケベ催眠術を使えるように努力はする、ちゃんと向き合って、ちゃんと乗り越える。でも、少し時間がかかりそう」

言葉を区切り、何を考えているのかわからない無表情がこちらに向けられる。

「だからそのときまで、力を使う場面では傍にいてほしい。今の私は、サジがいないとドスケベ催眠術師ではいられないから」

なんだ、そんなことか。

「俺から言い出したことだから拒否はしない。もちろん時と場合によるが」

「それはよかった」

「だが、もう言葉のマシンガンはやめろ。伝わらなかったら意味ないだろ」

「じゃあ最後のも伝わっていない？」

真友がキョトンと小首を傾《かし》げて聞いてくる。

「最後？」

その後に彼女が言ったことといえば、

「これからもよろしくね、サジ」

ニッと笑い、ダブルピースがちょきちょきと添えられる。

俺はそれに返すように、

「そうだな。よろしく、真友《まとも》」

いつ以来か、にこりと笑ってみせる。──笑ってみせた、つもりだったのだが、

「これから悪いことをしようとしている？」

ドン引きされた。

そんなに俺の笑顔って酷《ひど》い？

スポドリのＣＭのように爽快な笑みを浮かべたはずなんだが。

諦めたようにため息をつき、表情を戻す。

それから俺はいつもどおりの口調で言った。

「じゃあ早速、新しい契約書を作るか」

「うへぇ」

＊

その夜、あの日のことを夢に見た。

すべての始まりで、俺の人生が歪んだ日。

ドスケベ催眠術師の子であることが知れ渡った、あの日。

「ボクのお父さんは、ドスケベ催眠術師をしています」

一人の子供が、作文を読み上げていた。

「ドスケベ催眠術という人を操る必殺技で気に入った女の人にドスケベをする仕事で、ゆえつと快楽に満ちた日々を送っています。お母さんのことも手にかけた女の一人だそうです」

この翌日以降、どんな目に遭《あ》うのかも知らない、なんてバカな子供だろうか。

「依頼を受けてすることもありますが、基本的には自分がドスケベしたいと思った相手にしか手は出しません。つまり、フリーランスのドスケベ催眠術師です。そんなお父さんのカッコいいところは――」

聞いた人がどう感じるかを全く考えていない、ひどい作文だ。

「――自分の信じた正義《性技》を貫くのに全力なところです」

子供は続ける。

ざわめく周囲なんて気にも留めず、キラキラとした目で、胸を張って、揚々《ようよう》と語る。

「誰かと違っても気にせず、隠し事をせず、いつだって裸の自分で勝負するような――」

言葉を区切り、子供が振り返った。

照れ笑いを浮かべる男と目を合わせ、嬉《うれ》しそうに、幸せそうに笑いながら、

「――そんなお父さんのことが、ボクは大好きです！」

あとがき

初めまして、桂嶋《けいしま》エイダと申します。この度、第17回小学館ライトノベル大賞にて優秀賞をいただき、本作で作家デビューすることになりました。よろしくお願いいたします。

受賞前は「あとがきでは意気揚々《ようよう》と自分語りしてやるぞ」とワクワクしていたのですが、いざ書くとなると感謝の言葉ばかり浮かんできたので、そちらを優先することとします。

というわけで早速サジを。ではなく謝辞を。

昔から私の作品を読んでくれた皆様。特に、大学時代の友人の皆さま。初めて読んでもらったときから長い年月が過ぎてしまいましたが、あのときに皆様が面白いと言ってくれたから、受賞まで続けることができました。ありがとうございます。お子様が生まれた方もいらっしゃるとのことで、ぜひ読み聞かせてあげてください。英才教育です。

浜弓場双《はまゆばそう》様。素敵なイラストの数々をありがとうございます。というか、よくもまあこんなドスケベだの催眠だの連呼する作品のイラストを引き受けてくださいました。今後ともきゃわなイラストを添えていただけますと幸いです。ネコミミマッピー、素敵です。

担当編集の岩浅《いわあさ》様。的確なアドバイスとドスケベなディレクション、そして出版に至るまでの各種諸々をありがとうございます。今後ともよろしくお願いいたします。そしてスマホの検索履歴や変換履歴を汚染してしまい大変申し訳ございませんでした。ですが、これでプライベートドスケベも「仕事だから」と誤魔化《ごまか》せますね。役得です。

ガガガ文庫編集部の皆さま並びに第１７回小学館ライトノベル大賞の選考に携わった皆様。この情報社会において検索制限に引っ掛かるようなタイトルの作品を選出いただき、誠にありがとうございます。そして、今後ともよろしくお願いいたします。

応援コメントを頂いた諸先輩方。「これ絶対面白いやつ……」と思わざるをえないお言葉をありがとうございました。お引き受けくださったことだけでも光栄なのに、素敵な後押しに身の引き締まる思いです。今後も身を引き締めて、頑張ります。あ、今の『身を引き締めて』はセルフ緊縛プレイ宣言ではございませんのでご安心ください。

特別審査員『ＴＹＰＥ－ＭＯＯＮ』代表、武内崇《たけうちたかし》様。身に染みる講評をありがとうございました。今後は受賞作だからではなく、「面白いから」「評判だから」という理由で目を通していただけるような、そんな面白物語づくりに精進してまいります。ＦＧＯ、大好きです。

最後にこの作品を手に取ってくださった勇気ある皆様。最大級の敬意と感謝を。作中の一か所だけでも「面白かった」「勉強になった」と思っていただけますと、幸いでございます。

他にも謝辞を述べたい方は多数いらっしゃるのですが、紙幅《しふく》も尽きますのでこの辺りで。

どうか、次の物語でお会いできることをお祈りしております。

ドスケベ　桂嶋エイダ

GAGAGA

ガガガ文庫

ドスケベ催眠術師の子

桂嶋エイダ

発行	2023年8月23日　初版第1刷発行
発行人	鳥光 裕
編集人	星野博規
編集	岩浅健太郎
発行所	株式会社小学館 〒101-8001 東京都千代田区一ツ橋2-3-1 [編集]03-3230-9343 [販売]03-5281-3556
カバー印刷	株式会社美松堂
印刷・製本	図書印刷株式会社

Printed in Japan ISBN978-4-09-453145-9